Die Kubakrise

„Hadig"
Hans Dieter Grabowski

1962
Die Kubakrise

Eine Liebesgeschichte im Banne der „Apokalypse"

Bibliografische Information der Deutschen Nationalbibliothek:
Die Deutsche Nationalbibliothek verzeichnet diese Publikation
in der Deutschen Nationalbibliografie; detaillierte bibliografische
Daten sind im Internet über http://dnb.dnb.de abrufbar.

Bibliographic information published by
Die Deutsche Bibliothek
Die Deutsche Bibliothek lists this publication in the
Deutsche Nationalbibliografie;
detailied bibliographic data
Are available in the Internet at http://dnb.ddbde.

© 2015 Hans Dieter Grabowski
Lektorat:
Alexandra Maria Linder
57413 Finnentrop

Titelbild:
Evi Schmitt
57392 Schmallenberg-Gleidorf

Satz, Umschlaggestaltung, Herstellung und Verlag:
BoD – Books on Demand

ISBN: 978-3-7386-9459-8

Kontaktaufnahme:
Hadig@gmx.de

Inhalt

Prolog	7
Kapitel 1 – Bonbonniere	9
Kapitel 2 – Paule	39
Kapitel 3 – Erste Verabredung	51
Kapitel 4 – Zeit der Schmetterlinge	57
Kapitel 5 – Die letzte Woche vor dem Paradies	81
Kapitel 6 – Der Tag der Tage	167
Nachklang	195
Ausklang	197
Danksagung	199

Prolog

Wir schreiben das Jahr 2009. März 2009. 18. März 2009.

In zwei Tagen ist Frühlingsbeginn.

Zwar liegt noch Schnee auf den Höhen des Rothaargebirges und auf meinem kleinen Terrassengarten, aber den Frühling kann ich schon riechen. Auch das morgendliche Vogelkonzert erklingt schon.

Seit 18 Tagen bin ich 66 Jahre alt. Ich durfte meinen Geburtstag mit meinen Männern und ihren Freundinnen feiern. Mit Florian, der für alle sorgt. Mit Johannes, dem liebenswerten Macho. Mit Phillip, unserem Jüngsten, dem »Radstar« und mit 16 Jahren noch ohne Freundin. Nur Frank, der Älteste, mein Sohn aus erster Ehe, konnte leider nicht kommen; trotzdem war er mitten unter uns.

Und wieder wird es grünen. Zartes Grün. Kräftiges Grün. Dunkles Grün. Es wird duften und blühen. Ich werde auf der Terrasse sitzen, trockenen Rotwein trinken und den Sonnenuntergang bewundern. Vielleicht kommt auch meine Eule wieder; die Fledermäuse tun das bestimmt, sobald es dämmert.

Meine drei »Musketiere«, so nannte ich sie, als sie noch klein waren, haben dafür noch keine Antenne. Hatte ich in dem Alter auch nicht.

Aber sie werden wachsen, diese Antennen, wie das Geweih eines Hirsches, da bin ich mir sicher.

Und eines Tages werden auch sie den Frühling erwarten.

Woran werden sie dann zurückdenken?

Werden auch sie ihre »Kubakrise« gehabt haben?

Kapitel 1 – Bonbonniere

August, anno 1962

»*I can't stop loving you* ...«
Ray Charles erklang aus der Musikbox.
Fest umschlungen hielt ich sie. Lag ihr Kopf auf meiner Schulter? So ganz genau weiß ich es nicht mehr. Ich weiß aber noch genau, dass sie eine Schmetterlingsbrille trug. Und ihre Nase schien mir etwas zu kräftig. Das Haar war hochgesteckt. Brille und hochgestecktes Haar machen mich heute noch ganz schwach.
Ich spürte den Druck ihrer kleinen festen Brüste. Meine rechte Hand kraulte die kleinen kurzen Haare in ihrem Nacken, der durch die hochgesteckten Haare freilag. Ob sie merkte, dass ich eine Erektion hatte? War es mir zu diesem Zeitpunkt peinlich? Ich glaub schon. Wir tanzten eng aneinandergeschmiegt, Wange an Wange, wobei ich bemüht war, eine

Etage tiefer mindestens eine Buchbreite Zwischenraum zu lassen.

Mit neunzehn Jahren war ich noch Jungmann. Wirklich. Heute kaum vorstellbar. Außerdem lebte ich natürlich bei meinen Eltern. Meine Freizeit verbrachte ich überwiegend in der Schwimmhalle statt in Diskotheken.

Es war schummrig in der Bonbonniere, dem »Fummelbunker«, wie der Tanzschuppen in Essen von uns genannt wurde, obwohl – so richtig war ich bisher noch nicht zum Fummeln gekommen.

Die Musikkugel, die sich noch langsamer drehte als wir, warf ihre gebrochenen Lichtsplitter auf Wand, Decke und uns. Ich knabberte an ihrem Ohrläppchen. Hatte in einem Aufklärungsbuch gelesen, dass Frauen das gerne haben. Sie ließ es zu.

Das Lied war zu Ende. Alles stand auf der kleinen Tanzfläche und wartete, was als nächstes Musikstück kam.

»*Noch eine?*« Ich schaute sie an. Ihre Hände lagen in meinen. Sie nickte.

Ob ich versuchen sollte, sie beim nächsten Tanz zu küssen? So richtig? Beim Öhrchen hatte sie ja schon stillgehalten.

Der Einzige auf der Tanzfläche, der wusste, welches Lied jetzt kam, war ich, denn es waren meine fünfzig Pfennig, die investiert wurden. Zum zweiten Mal übrigens. Drei Songs gab es für 'nen Fuffi.

Sekunden später setzte sich alles wieder in Bewegung.

Und schon wieder sang Ray Charles sein *»I can't stop loving you ...«*

Es war der sechste Tanz mit ihr. Schon der erste Tanz hatte bei mir etwas ausgelöst.

Ich sah sie sofort, als ich hereinkam, das heißt, eigentlich sah ich ihre Freundin. Dunkle, halblange Haare, ovales, schön geschnittenes Gesicht. Genau mein Typ. Beide trugen schwarzen Rock und weiße Bluse, die, genau wie mein Hemd, im Infrablaulicht leuchteten. Typisch, dachte ich, klasse Perle und graue Maus. War mir schon oft aufgefallen, dass bei zwei Mädchen eine sehr hübsch und die andere halt ein bisschen weniger hübsch war. Na ja, so ein »Toilettentandem« halt, damit die Hübsche nicht allein gehen musste.

Für die andere galt: »Mein letzter Wille, eine Frau mit Brille!« Haha. »Ob ich sie auffordern sollte?« Natürlich die Hübsche. Gleich. Ich trink erst einmal 'ne Cola. Sieht ja wirklich gut aus. Und wenn ich einen Korb bekomm? Guck doch erst einmal zu, wenn sie mit einem anderen tanzt.

Sie tanzte. Und sie war kleiner, als sie am Tisch aussah – tanzte aber gut. Zum Glück was Schnelles. Und vor allem auseinander! Das war wichtig.

Mist, der nächste Tanz: ein Blues. Ich nuckelte an meiner Cola. Warum haste auch gewartet? Die Cola hättste auch nach dem Tanzen bestellen können. Ich ärgerte mich. Wenn er die jetzt abschleppt? Nee, so eine ist das nicht.

Die nächste Scheibe war wieder was Flottes. Fox. Sie tanzten aber nicht auseinander.

Zugegeben: Der Typ sah nicht schlecht aus. Sie unterhielten sich.

Den nächsten Fuffi investiere ich. Hoffentlich nimmt er sie nicht mit an seinen Tisch oder hat sie für den nächsten Tanz gebucht.

Er brachte sie zu ihrem Tisch. Ich war erleichtert.

Die mit der Brille tanzte nicht, weil keiner kam, das hatte ich registriert.

Ich kramte in meinen Taschen nach einem Fuffi. Dann hin zur Musikbox und dreimal Ray Charles gedrückt. Ray Charles war nicht nur beim Tanzen mein absoluter Favorit. Ich höre ihn heute noch gern, und außerdem, na, Sie wissen schon. Habe 2006 den Film »Ray« gesehen. Hat mir gut gefallen. Habe natürlich auch seine Musik auf LP und CD zu Hause.

So. Musik bestellt. Jetzt steuerte ich also

aufgeregt, aber ganz cool, im »Gary-Cooper-Gang«, auf den Tisch der Hübschen zu.

Da trat sie ein, die Katastrophe. Der Typ vom Tanz vorher – den hatte ich gar nicht mehr auf meiner Rechnung – war einen Schritt schneller als ich.

Da stand ich nun mit meinem Gary-Cooper-Gang, sah, wie sie lächelnd aufstand und mit diesem Arsch zur Tanzfläche ging. Wohlgemerkt, mit »diesem Arsch« meinte ich nicht ihren Popo, der sehr schön anzuschauen war. Da mal meine Hand drauflegen dürfen, ging es mir durch den Kopf. Die Sehnsucht verzehrte mich geradezu, ich war doch noch Jungmann.

Was ich nun schildere, dauerte in meinem Kopf nur Sekunden.

Mist. Umdrehen und gehen. Verloren. Blamage. Der ganze Laden hat das registriert. Das Weltall steht still. Nur die Discokugel dreht sich noch.

»*Tanzte?*«, hörte ich mich zu der Brille

sagen. Sie schaute mich freundlich an und nickte. Mein Blick war eher sauer. Ob sie etwas bemerkt? Sie wird doch wohl nicht denken, ich sei ihretwegen gekommen? Sie stand auf. Unter der Bluse schimmerte ihr BH im Blaulicht. Sie war größer als die Hübsche. Auch ihr Po war ausladender, um nicht zu sagen einladender.

Wir tanzten schweigend zu Ray Charles. Blues, aber mit Distanz. Ich schaute zur Hübschen. Sie tanzte Wange an Wange mit dem Arsch. Auf Kosten meines Fuffis. Nach meinem Ray Charles.

Brille fragte mich: »*Wie heißt du?*«

Warum fragt die mich? Nur weil ich gnädigerweise mit ihr tanze? Ich sagte nichts und behielt nur die Hübsche im Auge.

»*Wie heißt du?*«

»*Dieter*«, ließ ich mich herab. Fragte aber nicht zurück.

»*Gefällt dir meine Freundin?*« Sie lachte dabei.

Eine Hitzewelle schoss mir in den Kopf.
»Warum?«
»Weil du mit ihr tanzen wolltest.«
»Ich? Wie kommste denn darauf?«
»Ich hab gesehen, wie putzig du dastandst, als Edith aufgefordert wurde.«

Aha, die Hübsche hieß also Edith.

Ich sagte gar nichts. Sie nahm es als Eingeständnis. Ich schaute zu Edith und ihrem Arsch. Ganz schön eng. Nicht nur oben.

Ray ignorierte das und sang einfach weiter. Das nahm ich ihm sehr übel.

»Na, siehst du sie?«
»Wen?«
»Edith, du schaust doch dauernd hinüber.«

Die nächste Hitzewelle. Die bemerkt aber auch alles. Muss an der Brille liegen.

»Nö.« Komisch, Brille war nicht sauer oder pikiert. *»Wie heißt du denn?«*, hörte ich mich fragen.

»Margreth.«

Hab ich mir gleich gedacht. Margreth, wer heißt denn Margreth? Gibt wahrscheinlich nur eine Tusse hier in dem Laden, die Margreth heißt, und ausgerechnet ich tanze damit.

Und dieser Arsch neben mir tanzt mit Edith. Auf meinen Fuffi. Wahrscheinlich alle drei Runden. Und wie eng der sich anklammert. Hat wohl 'nen Steifen. Ich bin ja wohl nicht eifersüchtig? Quatsch, ich doch nicht.

Edith und Margreth lachen sich an. Und der Arsch? Macht einen auf verliebt.

Margreth lacht auch mich an. *»Oft hier?«*

»Ab und zu.«

Meine Frustschwelle ist etwas gesunken. Angenehme Stimme, registriere ich. Ich nehme Margreth ein wenig fester in den Arm. Auch meine Wange rückt ein wenig näher. Der Schmetterlingsflügel ihrer Brille pikst mich. Na ja, habe eh nicht vor, einen »auf Liebe« zu machen. Schiele immer noch zur Hübschen rüber.

»Und du?«
»Zweite Mal.«
»Gefällt es dir hier?«

»*Ja, ist doch gemütlich.*« Und dabei lacht sie mich wieder an, offen und herzlich.

So übel ist Brille gar nicht, registriere ich. Und wie sie lacht, so vertraut.

»*Wie alt bist du?*«
»*Siebzehn. Und du?*«
»*Neunzehn.*«

Wir tanzten. Ich rückte noch dichter heran. Sie wurde immer hübscher.

Ray war wieder einmal fertig. Wir blieben auf der Tanzfläche stehen. Meine rechte Hand hielt ihre linke Hand.

Wir schauten uns an. Ein wenig verlegen. Ich stupste mit meinem Zeigefinger auf ihre Nase, die mir immer noch ein wenig groß vorkam, allerdings nicht mehr ganz so groß wie vor ein paar Minuten.

Ich bemerkte, wie Edith, die Hübsche, mit ihrem Arsch zum Tisch zurückging. Arsch setzte sich auf Margreths Stuhl.

»*I can't stop loving you ...*« Ray begann meinen nächsten Fuffi abzusingen.

»Gefällt dir die Musik?«
»Ja, ist mein Lieblingssänger.«
»Meiner auch.«

Mein Kopf lag nun ganz dicht an ihrem. Die Brille pikste immer noch. Ob ich sollte? Und wenn sie sauer würde? Ach was, ich mach's einfach. Meine rechte Hand verließ kurz ihren Rücken und nahm ihr die Brille ab. *»Pikst.«* Margreth lachte und sagte nichts. Ich steckte die Brille in die Hosentasche. Wange an Wange tanzten wir. Sie roch gut.

Ich gab ihr einen Kuss aufs Ohrläppchen. Meine »Rückenhand« rutschte ein wenig tiefer.

»Nicht zu frech.« Sie sagte das nicht böse.

Ich rutschte wieder höher. Aha, kein Flittchen.

Ray war fertig.

»Setzen?«

Der Arsch, nun aber gar nicht mehr so groß, saß immer noch bei Edith am Tisch. Auch Margreth registrierte das.

»Sollen wir uns auf die Bank setzen?« Ich

zeigte auf ein rotes Plüschsofa neben der Tanzfläche.

»Aber nur, wenn ich meine Brille wiederbekomme.« Sie lachte.

»Oh, hab ich ganz vergessen.«

Ohne Brille sah sie ganz anders aus. Die Augen ein wenig kleiner. Schutzbedürftiger. Ich gab ihr die Brille und setzte sie wieder auf ihre Nase und Ohren. Sie rückte sie ein wenig zurecht und wir gingen Hand in Hand zum roten Plüschsofa.

»Gehst du noch zur Schule?«

»Nein, ich bin in der Lehre. Friseurin. Und du?«

»Ich bin E-Mechaniker. Demnächst gehe ich hier zur Technikerschule. Zum Ruhrtechnikum. Direkt hier drüber.«

Ich zeigte mit der rechten Hand nach oben. Die Linke lag auf ihrer Schulter. Meine Gesprächspartner platziere ich immer links. Ich bin nämlich auf dem rechten Ohr taub. Von Geburt an. Es fehlt der Hörnerv. Hab mich dran gewöhnt, beziehungsweise brauchte mich gar nicht dran zu gewöhnen, ich kannte es ja nicht anders.

Hat aber auch praktische Seiten. Beim Schlafen zum Beispiel. Aufs linke Ohr gelegt und Ruhe ist. Zur Bundeswehr brauchte ich deshalb auch nicht.

Ihr Rock rutschte ein wenig höher. Schöne Beine und Schenkel registrierte ich. Meine linke Hand landete auf ihrem rechten Knie. Sie ließ es zu.

»*In welchem Friseurladen lernst du denn?*«
»*Bei Krämer, am Landgericht.*«

Ich musste grinsen.

»*Warum grinst du?*«
»*Nur so.*«
»*Glaube ich nicht.*«

Ich grinste immer noch.

»*Bestell Gerti einen schönen Gruß von mir.*«

Ich wartete gespannt auf ihr Gesicht. Sie schaute mich erstaunt an.

»*Hm. Woher kennst du meine Chefin?*«

Ich nahm ihr erst die Brille ab und gab ihr einen Kuss. So einen schnellen.

»*He, woher kennst du meine Chefin?*«

Ich machte ein spannendes Gesicht und lachte.

»Da staunste, was?«

»Komm, sag schon!«

Ich machte eine kleine Pause, holte tief Luft und sagte: *»Meine Schwester.«*

Margreth starrte mich ungläubig an.

»Und mein Schwager heißt Günni.«

Sie boxte mich in die Rippen. *»Stimmt das wirklich?«*

»Ja, er heißt wirklich Günni.«

»Das meine ich nicht. Ist Gerti echt deine Schwester?«

»Nee, wir sind bloß zusammen im Schwimmverein. Bei 06.«

Jetzt lachten wir beide.

Ich nahm ihren Kopf in meine Hände und gab ihr dieses Mal einen richtigen Kuss, na ja, jedenfalls, was ich als richtigen Kuss ansah.

Es war mein erster Kuss überhaupt. Mein Herz hämmerte. Ob sie das hörte? Alles drehte sich. Die Kugel. Die Platte in der Box und ich. Der ganze Laden um mich herum drehte sich. Ich hatte geküsst! So richtig! Vor zwei Jahren hatte ich es auf Korsika schon mal versucht. Es blieb bei dem Versuch am Strand.

Wir lachten.

»*Ganz schön klein, die Welt.*«

»*Jau.*«

»*Kommt ihr gut klar?*«

»*Ja, Gerti ist okay. und Günni ist nicht immer da; der ist aber immer lustig.*«

»*Ja, das stimmt. So kenne ich ihn auch.*«

Wir küssten uns wieder. Ganz weich waren ihre Lippen. Haste schon einmal einen Freund gehabt?, wollte ich fragen, ließ es aber. Ob sie noch Jungfrau war? Auch das traute ich mich nicht zu fragen. Ging mich ja auch nichts an. Tut man nicht. Wir kannten uns gerade erst ein paar Minuten.

Wir küssten uns wieder.

»*Komm, wir tanzen.*«

Margreth nahm meine Hand und wir machten die zwei Schritte zur Tanzfläche. Es war diesmal nicht mein Fuffi und nicht Ray Charles. Aber etwas Langsames. Ganz eng tanzten wir. Krone an Krone, Kopf an Kopf. Sie roch gut. Meine Hände lagen um ihre Hüften. Ihre Arme lagen auf meinen Schultern.

Wie oft hatte ich davon geträumt? Verliebt sein, Händchen halten, tanzen und schmusen. Ihre Brille steckte in meiner Hosentasche. Margreth wurde von Drehung zu Drehung hübscher – und ich verliebter.

»Wie heißt du mit Nachnamen?« Sie lachte mich an.

»Sag ich nicht.« Ich lachte zurück.

»Warum nicht?«

Ich gab ihr einen »Eskimokuss«, Nase gegen Nase.

»Nun sag schon!«

»Aber nicht lachen.«

»Bestimmt nicht.«

Dabei lachte ich. *»Du lachst ja jetzt schon!«* Wieder stupste Nase die Nase.

»Nadel.«

»*Nadel? Da hab ich ja die Nadel im Heuhaufen gefunden!*«

Wir lachten und drückten uns ganz fest. Und tanzten und tanzten und tanzten. Ich streichelte ihren Nacken und Rücken.

Nadel? »*In meiner Lehre hatte ich auch jemanden, der Nadel hieß. Manfred Nadel. Ein ganz lustiger. War ein Lehrjahr über mir. Lernte Schlosser.*«

»*Mein Bruder heißt Manfred und hat Schlosser gelernt.*«

»*Wo denn?*«

»*Bei der EVAG.*« (Essener Verkehrs AG)

»*Oh, ich auch. Dann kenn ich ja deinen Bruder!*«

Wir lachten und tanzten und schmusten und küssten uns. Ich sah, dass Edith zu uns rüberschaute. Ich drückte Margreth noch fester und küsste sie. Die Musik war zu Ende. Wir gingen Händchen haltend wieder zur Bank.

Edith kam zu uns herüber. Sie setzte sich neben Margreth und flüsterte ihr etwas ins Ohr. Margreth drehte sich zu mir um und gab mir einen Kuss auf die Nase.

»Bin gleich wieder da.«

Die Mädchen standen auf und gingen Richtung Toilette. Ich musste grinsen. Das »Toilettentandem«. Die Hübsche und das Biest, äh, die Brille.

Ich schaute beiden nach und begutachtete ihre Pos, die in schwarzen Röcken steckten. Ihre weißen Blusen leuchteten und ich sah die Verschlüsse ihrer BHs darunter. Die kleinere Edith und die etwas größere, »meine« Margreth, mit dem größeren Hüftschwung. Ich bemerkte meine Erektion. Würdest du tauschen wollen, Margreth, die »Brillenschlange«, gegen Edith, die Hübsche?, fragte ich mich.

Nee, niemals. Meine Güte, was strahlte sie, wenn sie lachte und mich ansah.

Sie kamen zurück und setzten sich an ihren Tisch. Sie unterhielten sich angeregt, um genauer zu sein, aufgeregt. Margreth schaute zu mir herüber und lachte, dann stand sie auf und kam zu mir rüber.

»Bin gleich wieder da. Habe nur noch was mit Edith zu bequasseln.«

Ganz lieb und lustig schaute sie mich an. Ich war hin und weg. Und das innerhalb von knapp zwei Stunden.

Ich sah den Tanzenden zu. Schmuseblues. Schaute zu den beiden rüber. Edith schien sauer zu sein.

Dann kam Margreth wieder rüber. *»Edith will nach Hause.«*

Ich fasste ihre Hand. *»Und du?«*

»Ich nicht.« Sie gab mir einen Kuss auf die Wange.

Fragend schaute ich sie an.

»Aber wir sind zusammen gekommen und dann gehen wir auch zusammen.«

Ich muss ziemlich bedeppert aus dem Hemd geschaut haben.

»Ihr könnt doch noch bleiben, es ist so früh!«

»Ich weiß, aber sie will unbedingt nach Hause.«

»Und warum?«

Margreth zuckte mit den Schultern und zog die Augenbrauen hoch.

»*Bestimmt weil ich hier mit dir sitze und sie allein am Tisch sitzt.*«

»*Hol sie doch rüber.*«

Ich wusste, dass das doof war. Wer sitzt schon gerne neben zwei Schmusern?

»*Nee, ich gehe dann halt mit.*«

Margreth schaute ein wenig bedrückt, aber nicht wirklich schmerzvoll. Es sprach ja auch für sie, dass sie zu ihrer Freundin hielt.

»*Aber erst tanzen wir noch einmal.*«

Sie nickte, stand auf, ging zu ihrer Freundin und kam wieder zurück.

Die Musik, die gerade lief, zum Glück etwas Langsames, tanzten wir noch ab. Ganz fest hielt ich sie und ihr Kopf lag auf meiner Schulter.

Die Musik war zu Ende, ich beeilte mich, als Erster an der Musikbox zu sein, um mein Lied zu wählen. Zum Glück fand ich sofort einen Fuffi und wählte Ray.

Wir tanzten. Wieder nahm ich ihre

Brille ab. Sie roch immer noch gut. Ab und an schaute ich zu Edith hinüber. Sie saß an ihrem Tisch und war offensichtlich immer noch sauer.

»*Warum tanzt deine Freundin nicht?*«

Margreth zuckte mit den Schultern.

»*Gefiel ihr der Typ von vorhin nicht?*«

»*Wohl nicht wirklich.*«

»*Da hast du ja noch einmal Glück gehabt.*«

Ich lachte und kniff sie leicht in den Po.

»*He, nicht frech werden, sonst gibt's was auf die Augen!*«

Es gab wirklich etwas auf die Augen. Je ein zartes Küsschen. Wir hatten beide die Arme und Hände auf des anderen Schulter und sahen uns an. Einfach nur ansehen.

»*Wo wohnst du eigentlich?*«

»*An der Wickenburg.*«

»*Bei deinen Eltern?*«

Margreth nickte.

»*Seid ihr mit der Straßenbahn hier?*«

»*Na klar.*«

Dann kam mein Geistesblitz. »*Ich bringe euch nach Hause.*«

Margreth schaute mich an. »*Lieb von dir, musste aber nicht.*«

»*Ich weiß. Ich möchte es aber. Wenn du weg bist, gefällt es mir hier eh nicht mehr.*«

Ich gab ihr einen Kuss auf die Nase.

»*Und wo wohnt deine Freundin?*«

»*In der gleichen Straße. Paar Häuser weiter.*«

»*Einverstanden mit dem Nachhausebringen?*«

»*Na gut. Kavalier alter Schule, hm?*«

Wollte sie mich auf den Arm nehmen?

Margreth ging zu Edith, um ihr Bescheid zu sagen. Sie schien nicht begeistert, aber das war ihr Problem. Schließlich hatte sie uns ein Problem bereitet. Na ja, ein wirkliches Problem war es aus heutiger Sicht nicht; heute weiß ich, dass Probleme anders aussehen, aber damals, 1962 … Meine Güte. 1962. Vor 51 Jahren!

Nun ja, wir zahlten, holten unsere Mäntel von der Garderobe, verließen die »Bonbonniere« und gingen in Richtung

Hauptbahnhof, keine fünf Minuten Fußweg. Ich hielt Margreth mit meiner linken Hand, weil ich ja nach Möglichkeit immer an der rechten Seite gehe oder sitze. (Zur Erinnerung: Ich bin auf dem rechten Ohr taub.) Edith ging links von Margreth. Mit einem Gesichtsausdruck, als hätte man ihr im Sandkasten die Förmchen geklaut.

Ich versuchte einen Scherz. »*So, nun seid ihr auch ganz sicher, dass euch unterwegs niemand klaut. Aber wenn ich mir das so richtig überlege: Wer euch im Dunkeln klaut, bringt euch im Hellen zurück.*« Dabei drückte ich Margreths Hand und zog sie an mich.

Margreth lachte und knuffte mich mit dem Ellbogen.

Mit Edith hatte ich damit aber eine »Freundin fürs Leben« gefunden. Sie ging noch drei Schritte schneller als vorher.

»*Oh, ein schöner Rücken kann auch entzücken!*«, rief ich ihr zu.

Sie drehte sich um und streckte mir die Zunge raus.

»*Moment mal*«, sagte ich zu Margreth, blieb stehen, zog sie an mich und küsste sie. So richtig. Margreth küsste mich auch.

Von fern hörte ich die Engel eine wundervolle Melodie auf der Schalmei spielen. Immer schöner und lauter spielten sie, so laut, bis ich bemerkte, dass es die Straßenbahn war, die bimmelte, denn wir standen fast auf den Schienen.

Lachend und hüpfend sprangen wir weiter. Edith hatte ihren Vorsprung. Na ja, an der Haltestelle »Freiheit« musste sie eh auf uns warten.

»*Lach mal, kriegst 'nen Keks!*«, rief ich von Weitem, als wir Händchen haltend auf sie zukamen.

Natürlich lachte Edith nicht, sondern zog eine Grimasse. Ich musste laut lachen. Zur Toilette können sie gemeinsam gehen, aber nicht zusammen Straßenbahn fahren.

»*He, Ediiiiiith!*« Ich versuchte, lustig zu sein.

»Ach lass sie doch«, flüsterte Margreth mir ins Ohr.

Als ich Margreth wieder an mich ziehen wollte, um sie zu küssen, sperrte sie sich. *»Nicht jetzt.«*

Heute verstehe ich sie natürlich. Aber damals? Ich bin mir nicht sicher. Es war alles ein großes, lebensbejahendes Gefühl. Neunzehn Jahre, verliebt, zum ersten Mal.

Sie nahm Rücksicht auf ihre Freundin. Sie fühlte wohl mit. Ja, das war sie, »meine« Margreth. Mitfühlen, bis zur … na ja, nicht direkt bis zur Selbstaufgabe, aber ganz dicht dran.

Die Straßenbahn kam. Wir stiegen ein. Margreth und ich saßen nebeneinander auf der Bank, Edith uns gegenüber. Ich legte meine Hand um Margreths Schulter, nahm sie aber gleich wieder weg, weil ich merkte, dass es ihr wegen Edith unangenehm war.

Die Fahrt mit der Straßenbahn dauerte zehn Minuten und verlief schweigend.

Wickenburg – aussteigen.

Wir liefen auf eine Häuserzeile zu. Edith vorneweg.

»*Hier wohne ich.*« Margreth blieb stehen. Edith lief weiter.

»*Gute Nacht, Edith!*«, rief ich hinter ihr her.

Edith drehte sich nicht um und war vier Haustüren weiter verschwunden.

Margreth und ich standen schmusend in der Haustür.

»*Was machst du morgen?*«

Margreth lachte. »*Erst einmal lange schlafen.*«

Ich lachte auch. Ob sie noch Jungfrau ist?, ging es mir wieder durch den Kopf. Zu fragen traute ich mich immer noch nicht.

»*Und dann?*«

»*Mittagessen.*«

»*Kein Frühstück?*«

»*Nee, wenn ich aufstehe, ist es zum Frühstücken zu spät.*«

»*Hast du ein eigenes Zimmer?*«

»*Ja, du auch?*«

»Ja.«

Ich streichelte ihr Gesicht, nahm ihr die Brille ab und küsste sie. Auf die Nase, auf die Augen, auf den Mund.

»Hattest du schon einmal einen Freund?«

Margreth schüttelte den Kopf. Dann war sie wohl noch Jungfrau.

»Du?«

»Ja, ich hab ganz viele Freunde.« Ich lachte.

Margreth knuffte mich. *»Du weißt schon, ich meinte natürlich Freundin.«*

Was sollte ich sagen? Ich war geneigt, Ja zu sagen, sagte aber: *»Nein.«*

»Und warum nicht?«

Es fiel mir leicht, bei der Wahrheit zu bleiben.

»Sport. Ich gehe viel schwimmen. Bin ja im Schwimmverein und da haben wir viel Training und Wettkämpfe.«

»Und da gibt es keine hübschen Mädchen?«

»Doch. Aber nicht so hübsch wie du.«

»Ja, ja, deshalb wolltest du auch zuerst mit Edith tanzen.« Dabei zog sie mich an den Ohren.

Ich lachte nur.

»*Sehen wir uns morgen?*«

»*Nee, morgen geht's nicht. Familienfeier. Meine große Schwester hat Geburtstag.*«

»*Dann hol ich dich Montag von der Arbeit ab, ja?*«

»*Montag? Ja, Montag ist gut. Musst aber länger warten, bis ich rauskomme, denn Montag ist zu.*«

»*Ach ja, klar. Montag ist ja Friseusentag.*« Ich schlug mir gegen die Stirn. »*Okay, dann komme ich Dienstag. Nee, Dienstag geht auch nicht, da spielen wir in der Turnhalle der Humboldt-Schule immer Fußball. Mittwoch, okay?*«

»*Ja, da wird sich Gerti aber wundern.*«

Ich legte meine Stirn an ihre Stirn und schaute sie ganz still an. Meine Arme lagen auf ihren Schultern. Da hörte ich, wie oben ein Fenster geöffnet wurde.

»*Margreth?*«, fragte eine Stimme.

»*Meine Mutter*«, hauchte Margreth mir ins Ohr.

»*Ja, Mama, ich bin es. Ich komme gleich hoch.*«

»Meine Mutter bleibt immer so lange auf, bis ich zu Hause bin.« Es war kein Vorwurf in ihrer Stimme. *»Schön, nicht wahr?«*

»Ja, wunderschön.«

An meiner Stimme erkannte sie, dass ich das nicht so toll fand.

Margreth holte ihren Schlüssel aus der Tasche und öffnete die Haustür.

»Bis Mittwoch.« Sie gab mir einen Kuss und war im Haus verschwunden.

Was war das für eine Zeit! Mit der Straßenbahn jemanden nach Hause bringen. Im Hausflur schmusen. Mutter im Fenster wartend. Und heute? Im Auto nach Hause fahren, schmusen, Liebe machen …

Ich bin mir nicht sicher, welche Generation mehr zu beneiden ist. Welche Generation einen aufregenderen Start ins Leben und in die Liebe hatte. Ist wohl auch nicht zu vergleichen. Jede Generation hat ihre eigenen Freuden und Leiden.

Ich fuhr mit der Straßenbahn nach Hause. Mit einmal umsteigen.

Alles in mir war in Bewegung. Ich hatte eine Verabredung.

Hatte ich nun eine Freundin? Wie oft hatte ich darauf gehofft? Besonders im Mai. Hört sich vielleicht kitschig an, war aber so.

Margreth. Friseuse. Na und? Ich musste grinsen. Ein Freund sagte immer »Friteuse«. War mir egal. Ich war verliebt. Ich spürte den Druck ihrer Brüste immer noch. Meine Hormone waren auch aktiv. Belassen wir es dabei.

Meine Eltern schliefen schon, als ich zu Hause ankam. War auch gut so.

Margreth.

Ich glaube, ich habe sehr gut geschlafen.

Kapitel 2 – Paule

Der Montagmorgen begann wunderbar. Ich wurde wach und sofort waren die »Bonbonniere«, Ray Charles und Margreth wieder da.

Ich fuhr mit der Straßenbahn zur Arbeit.
 Zu der Zeit arbeitete ich als Elektromechaniker bei der Röntgenfirma »Koch & Sterzel« im Musterbau. »Koch & Sterzel« gibt es heute nicht mehr, ist von Siemens aufgekauft worden.
 Die Straßenbahn fuhr an Margreths Haustür vorbei. Margreths Mutter schaute nicht aus dem Fenster. Wie sie wohl aussah?
 Zwei Haltestellen weiter stieg ich aus.
 Es war ein beschwingter Arbeitstag mit Tiefgang, aber 36 Stunden gefühlter Arbeitszeit. Doch er ging vorbei. Immer ein Stück näher an den Mittwoch heran.

Am Abend war Schwimmtraining angesagt. Gerti und Günni, meiner Margreths Chefin und Chef, waren auch da. Ob sie etwas wussten? Ging ja gar nicht. Montag war Ruhetag. Sollte ich eine Bemerkung machen? Ich war nahe daran, hielt mich dann aber zurück.

So wurde der Montag geschafft. Nur noch den Dienstag bewältigen.

Auch der begann wie immer, in meinem Musterbau. Mit Alfred, dem Altgesellen. Ein netter Kerl und Kaktusfreund. Bodo, Mechaniker, war ebenfalls ein angenehmer Zeitgeselle. Bodo war zwei Jahre älter als ich und spielte in Essen-Stoppenberg Handball. Ich war einmal beim Training dabei.

Ja, und dann gab es noch den Meister Anuschiß. Vor Meister Anuschiß hatte ich großen Respekt und ich konnte ihn nicht so richtig einordnen. Sehr ambivalente Gefühle hatte ich bei ihm. Auch Angst? Ich weiß es nicht mehr genau, aber ich glaube schon, wobei ich nicht sagen kann, wovor. War es die hohe Stirn mit den kleinen schmalen Augen? Mag sein. Jedenfalls konnte Meister Anuschiß noch etwas außerhalb seiner beruflichen Fähigkeiten, was mir sehr imponierte.

Er konnte fließend in Spiegelschrift schreiben. Ich glaube, einmal täglich hat er es uns demonstriert. Na ja, warum auch nicht? Jeder holt sich auf seine Art und Weise seine Anerkennung. Auch ich holte mir meine Anerkennung. Mein Selbstwertgefühl stieg, indem ich meinen »Malocherblaumann« gegen einen grauen Kittel eintauschen durfte. Meister Anuschiß trug übrigens immer einen curryfarbenen Kittel.

Ja, und dann gab es noch Paule. Ich weiß nicht, ob er wirklich Paule hieß. Sein Gesicht, seine Arbeitskleidung und was er mich lehrte, habe ich nicht vergessen. Bis heute nicht. Paule arbeitete nicht in meinem Musterbau, der Graukittelabteilung. Grau, bis auf Meister Anuschiß.

Es gab auch noch die mit dem weißen

Kittel. Das waren die Ingenieure und Techniker aus der Konstruktionsabteilung, deren Entwürfe wir im Musterbau fertigten. Das war schon toll anzusehen. Weißer Kittel, in der Brusttasche ein kleiner Rechenschieber und ein Lederetui mit diversen Bleistiften und Kugelschreibern. Das war für mich sehr imponierend und innerlich beschloss ich: »So einen weißen Kittel bekommst du auch.«

Bekam ich auch. Zwar nicht bei Koch & Sterzel und auch erst ein paar Jahre später. Aber der Graukittel tat es im Moment auch, um mich erhaben zu fühlen. Mit dem Wort »erhaben« bin ich wieder bei Paule, denn über Paule fühlte ich mich sehr erhaben. Nicht nur des grauen Kittels wegen, sondern weil Paule einen Arbeitsanzug trug, den er mindestens ein Jahr nicht gewechselt hatte.

Paule war ein großer, hagerer Mann, schätze so Mitte vierzig. Er arbeitete an einem Brünierbad. Das war ein Bad, in dem Metallteile ein schwarzes Aussehen bekamen. Wenn Sie einmal einen schwarzen Kerzenleuchter aus Eisen sehen, dann war der in einem Brünierbad.

Das kochende Brünieröl roch nicht sehr angenehm, und die Kleidung bekommt bei der Arbeit auch ihren Anteil ab. Und so roch Paule auch. Hinzu kam sein fettiges, an den Kopf geklatschtes Haar. Seine hagere, leicht gebückte Gestalt erinnerte mich immer an Edgar-Wallace-Filme.

An diesem Dienstag musste ich zu Paule, um einige wichtige Teile brünieren zu lassen. Üblicherweise wurden sie mit einem Laufzettel versehen und einfach abgegeben. Paule brachte sie dann nach der Fertigstellung zurück. Dieses Mal war es aber sehr eilig, sodass ich den Auftrag erhielt, darauf zu warten und die geschwärzten Stücke sofort mitzubringen. Also übergab ich Paule die Eisen und bat ihn, die Teile vorzuziehen, weil eilig. War für Paule kein Problem.

Also wartete ich. Circa 20 Minuten dauerte so ein Vorgang.

Habe ich schon gesagt, dass ich Paule bis dahin noch nie habe reden hören? Selbst die meisten Arbeitskollegen hatten Paule noch nie reden hören. Nach seinem Erscheinungsbild und dem Edgar-Wallace-Image zu urteilen, vermutete ich eine Fistelstimme.

Nun stand ich, der »Erhabene«, mit seinem edlen grauen Kittel neben »Schmierenpaule«, natürlich mit genügend Abstand, um nicht auch brüniert zu werden, und schaute Paule zu, wie er die Eisenstücke in einen Korb gab, um sie damit in der heißen, stinkenden Brühe zu versenken.

Paule verrichtete seine Arbeit schweigend, immer mit gesenktem, schuldbewusst wirkendem Kopf.

Ich ließ mich herab und sprach Paule an. *»Machen Sie das hier schon lange?«*

Obwohl alle Kollegen sich hier duzten, außer denen im weißen Kittel, siezte ich Paule. Und dann erlebte ich die erste Überraschung: Paules Stimme. Von wegen Fistelstimme. Eine honorige, tiefe, wohlklingende Stimme antwortete mir. Eine Stimme, die wohl jeden Tagesschausprecher oder Old-Shatterhand-Darsteller zur Ehre gereicht hätte.

»Fünf Jahre.« Mehr sagte Paule nicht. Wahrscheinlich war er überrascht, dass ihn überhaupt jemand ansprach, und dann noch einer im grauen Kittel.

Ich schwieg erst einmal, denn ich war wirklich überrascht. Diese Stimme zog mich an, faszinierte mich. Jetzt hielt ich meine Stimme für eine Fistelstimme.

»Macht der Job Ihnen hier Spaß?«

Paule drehte sich um und sah mich an. Er hatte warme, aber traurige Augen.

»Würde er dir Spaß machen?«

Paule duzte mich, obwohl ich einen grauen Kittel trug. Das war aber okay für mich.

Ich antwortete nicht und fragte stattdessen zurück: *»Und warum machen Sie das hier, wenn es Ihnen keinen Spaß macht?«*

Paule kam etwas näher. *»Dauert noch ungefähr 15 Minuten.«*

Da hier eh alles nach Brünierbrühe roch, machte es mir nichts mehr aus, dass Paule näher kam.

»Ich brauche das Geld, bekomme ja auch Erschwerniszulage.«

Diese Stimme!

»Sie riechen doch abends bestimmt auch noch nach Brünierbad, oder?«

Was fragte ich da bloß? Ich wollte mich schon für meine dämliche Frage entschuldigen. Aber Paule lachte. Richtig nett sah er aus mit seinem Lachen, obwohl es nicht von Herzen kam.

»Lässt sich wohl nicht vermeiden.« Das klang weder betroffen noch belustigt.

»Haben Sie hier viele gute Arbeitskollegen?«

Was frage ich jetzt schon wieder? Ich weiß doch, dass kaum einer mit ihm spricht.

Paule ging auf die Frage auch nicht ein.

»Kannst ruhig Du zu mir sagen. Ich duze dich ja auch.«

»Danke.« Das meinte ich ernst. *»Wie heißt du, Paule?«*

Was war das denn für eine Frage? Ich musste lachen. Paule lachte auch.

»*Ich meinte, wie heißt du wirklich? Paule doch nicht, oder?*«

Paule schaute mich an. Hatte er den Schalk in den Augen oder täuschte ich mich?

»*Was macht es schon aus, wie ich zu Hause heiße? Paule ist in Ordnung. Hier sagen ja alle Paule.*«

»*Warum trägst du immer denselben Arbeitsanzug?*«

Ich erschrak ob der Frage.

Paule nickte fast unmerklich. »*Ich brauche jeden Pfennig. Habe zu Hause eine kranke Tochter, die sehr viel Medikamente braucht, und die Krankenkasse bezahlt die nicht.*«

Es klang nicht vorwurfsvoll, nur feststellend, trotzdem war ich betroffen. Ich wusste nicht, wie ich mich verhalten sollte, und wagte nicht, nach der Krankheit zu fragen.

Paule tat es offensichtlich gut, dass jemand mit ihm sprach und sich für ihn interessierte.

»Sie sitzt im Rollstuhl, bei der Geburt ist etwas schiefgelaufen. Weißt du …« Paule hielt inne. *»Wie heißt du?«*

»Dieter«, und dabei reichte ich Paule die Hand. Es war nicht der Händedruck, der zu seiner Frisur gepasst hätte, weich und schleimig, sondern ein Händedruck, passend zu seiner Stimme. Angenehm fest, ohne zu quetschen.

»Ja weißt du, Dieter, wir wissen halt nicht, was Gott mit uns vorhat und welche Prüfungen er uns auferlegt. Da Gott aber die Liebe ist, wird es auch für meine Tochter und für alle Beteiligten einen Sinn haben, auch wenn wir ihn nicht sofort erkennen und es sehr schmerzlich für uns ist.«

Ich schaute ihn überrascht an. Was war das? Das war »Schmierenpaule«? Ich schrumpfte von 180 auf gefühlte 140 Zentimeter. Mein stolzer, erhabener, grauer Kittel fiel von mir ab und verschwand zischend im heißen, stinkenden Brünierbad.

Paule ging zum Brünierbad, nahm den

Korb heraus, schaute und sagte: »*Fünf Minuten braucht das noch.*«

Die fünf Minuten vergingen schweigend.

Paule packte mir die Eisenteile nach der Fertigstellung ein.

Ich gab ihm die Hand. »*Danke, Paul.*«
»*Mach's gut, Dieter.*«

»*Guten Morgen, Paul.*«
»*Guten Morgen, Dieter.*«
So begrüßten wir uns, wenn wir uns morgens begegneten. Einige Kollegen sahen mich merkwürdig an. Es war mir egal.

Diese Geschichte und Lebenserfahrung hat sich tief in mir eingebrannt. Ich bin sehr vorsichtig geworden, Menschen nach ihrem äußeren Eindruck einzuordnen.

Immer wieder denke ich daran, wenn ich mit der Straßenbahn oder später mit dem Auto an Koch & Sterzel beziehungsweise dem heutigen neuen Gebäude vorbeifahre.

Kapitel 3 – Erste Verabredung

Wie der weitere Arbeitstag verlief, weiß ich nicht mehr genau, wohl aber, wie der Dienstagabend verlief, denn Dienstagabend trafen sich die Schwimmer zum Fußballspielen in der Turnhalle der Humboldtschule. Diese Turnhalle verließ ich an diesem Tag nämlich mit einem »Veilchen«, einem prächtigen Bluterguss über dem rechten Auge. Mit der Zeit nahm er die Form und die Größe eines Hühnereis an. Und morgen wollte ich Margreth vom Geschäft abholen. Ich weihte Günni, der mit Fußball spielte, ein.

»Na und? Einen schönen Menschen kann nichts entstellen.«

Scherzkeks Günni.

»Ich kann sie ja vorwarnen.«

Tat Günni auch, ohne Margreth genau zu sagen, was auf sie zukam.

Am Mittwochmorgen sah es noch schlimmer aus. Das Ei war über Nacht ganz aufs Auge gerutscht und drückte es zu. Na klasse. So machste alle Girls kirre.

Im Betrieb habe ich mir auch ein paar lustige Bemerkungen angehört, aber das war ja in Ordnung.

Den Tag über nahm es dann die Farbe eines Regenbogens an. Ich kühlte zu Hause mit Eis und kaltem Messer, aber ohne nennenswerte Erfolge. Ich war verzweifelt und pendelte zwischen Fremdenlegion, Kloster, Zirkus oder einfach Anrufen und Absagen.

Der Abend rückte unerbittlich näher. Am Ende besorgte ich mir in der Nord-Apotheke eine Augenklappe und fuhr zu meinem ersten Rendezvous. »Friseusen erschrecken« war das Motto des Abends. Ich wartete vor dem Geschäft. Reingehen, wie ich es anfangs vorhatte, traute ich mich nicht. Ich wartete lieber in der Passage nebenan.

Und dann kam sie heraus. Lachend. Nach hinten ihren Kolleginnen noch etwas zurufend.

Margreth sah sich nicht suchend um, sondern ging geradewegs zur Straßenbahnhaltestelle. Ich stiefelte hinterher.

»Na, schon etwas vor, die Dame?«

Ich hatte sie von hinten angesprochen. Margreth drehte sich um und lachte laut los. Notgedrungen grinste ich mit.

»Was hast du denn gemacht? Mit 'nem Eisbär geboxt?«

Ich nahm sie in die Arme, drückte sie fest an mich und gab ihr einen Kuss auf die Stirn.

»Das meinte Günni also.«

»Was hat er gesagt?«

»Er hat mich gefragt, ob ich einen Dieter kennengelernt habe. Er meinte, du bringst mir Blumen mit. Ich hatte an einen Strauß Rosen gedacht, und nun muss ich mich mit einem Veilchen begnügen.«

Margreths Lachen war herzerfrischend und ansteckend. Meine Befürchtung war verflogen. Hatte ich wirklich gedacht, sie würde schreiend davonrennen? Nicht wirklich. Ich nahm sie an die Hand.

»Was machen wir?«
»Spazieren gehen.«
»Wo?«
»Keine Ahnung. Oder gehen wir etwas trinken?«

Ich roch an ihrem Haar. Friseuse. Ich mochte es. Ich mochte alles an ihr.

»Komm, wir gehen in den Spatenbräu.« Ich zeigte zur anderen Straßenseite.

»Ist das nicht ein Speiselokal?«

»Na und? Die werden doch wohl auch Cola haben.«

Da meine Barschaft im Moment sehr übersichtlich war, hätte es zu einem Abendessen für zwei gar nicht gereicht.

Wir gingen hinüber, setzten uns ehrfürchtig an einen Tisch und bestellten zwei Cola. War ich aufgeregt? Glaube schon. Hatte der Kellner geschmunzelt oder komisch geguckt? Schon möglich.

So richtig zu schmusen trauten wir uns nicht. War ja ein Speiselokal. Aber Händchen halten und in die Augen schauen, das können Verliebte an jedem Ort der Welt.

Natürlich weiß ich heute, dass sie es leider nicht können, aber damals, 1962, war ich davon fest überzeugt.

»*Erzähl, wie ist das passiert? Sieht ja wirklich gigantisch aus.*« Sie strich ganz vorsichtig über mein lädiertes Auge.

»*Ist beim Fußballspielen passiert. Bin mit einem Kollegen mit dem Kopf zusammengestoßen. Springen beide zum Ball hoch und er stößt mit seinem Hinterkopf an meine Augenbraue. Peng. Das war's. Günni war auch dabei.*«

»*Bis du Großvater bist, ist das wieder in Ordnung.*«

»*Bestimmt.*«

Wir blieben eine Stunde, so lange nuckelten wir an unserer Cola.

Ich winkte dem Ober zu und wollte zahlen.

»*Zusammen?*«

Ich nickte.

»*Ich zahle.*«

Margreth holte ihr Portemonnaie aus ihrer Tasche und wollte wirklich zahlen.

»*Habe Trinkgeld bekommen*«, flüsterte sie mir ins Ohr.

Nee, das ging ja gar nicht. Ich war der Junge. Ich gab dem Ober schnell 1 DM. »*Stimmt so.*«

Wir gingen noch ein wenig spazieren, im Wald an der Margaretenhöhe. Es war ein schöner Spaziergang. Er bestand aus drei Schritte laufen, stehen bleiben und küssen. Der ganze Wald roch nach Friseuse. Ich kam nicht auf die Idee, meine Hände dahin zu führen, wo sie (noch) nicht hingehörten.

Welch eine Zeit!

Dieses Mal erschien die Mutter nicht am Fenster, als ich Margreth nach Hause brachte. Es war ja auch noch nicht so spät.

Damals gab es das Zeug zwar noch nicht, aber heute weiß ich es: Es gibt Schöneres als »Red Bull«.

Kapitel 4 – Zeit der Schmetterlinge

Was dann begann, war die schönste Zeit meines Lebens. War sie das wirklich? Zum damaligen Zeitpunkt schon. Eine Zeit, die heute noch nachschwingt.

Aber im gesamten Leben? Es gibt so viele »schönste Zeiten« meines Lebens. Die Geburt meiner Kinder. Bei zweien durfte ich anwesend sein. Bei Florian und Johannes. Bei Phillip, dem Jüngsten, kam ich zu spät. Und bei Frank, dem Ältesten, war es noch nicht üblich.

Wir trafen und wir küssten uns. Wir entdeckten ein kleines verträumtes Tanzlokal in Essen-Bredeney. Nachtigall hieß es. Entdecken stimmt eigentlich nicht, es war ein Tipp von meiner fünf Jahre älteren Cousine Christel. Die Musik kam vom Band. Es gingen nur Pärchen dorthin. Heute gibt es so etwas wohl nicht mehr. Warum eigentlich nicht? Und alles per Straßenbahn.

Und wir entdeckten uns.
Zwischenzeitlich lernte ich Margreths Eltern und ihre ältere Schwester Helga kennen. Ihren Bruder Manfred kannte ich ja schon. Natürlich stellte ich Margreth auch meinen Eltern vor. Ja, damals wurde die Freundin und der Freund noch vorgestellt. Überall stießen wir auf Sympathie.

Wir trafen uns oft an der »Freiheit«, der Straßenbahnhaltestelle am Hauptbahnhof. Ihre Linie 7 und meine Linie 1 begegneten sich dort. War das ein Gefühl, wenn ich sie in der Straßenbahn schon an der Tür stehen sah, wenn sie ausstieg und mir mit ihrer Schmetterlingsbrille und dem hochgesteckten Haar entgegenkam. Mein Herz schlägt jetzt noch schneller, während ich das schreibe.

Die Zeit der »Schmetterlinge«, nicht nur wegen ihrer Brille. Aber auch Schmetterlinge überleben nicht durch Zellteilung.

Es war in unserem kleinen Tanzlokal

»Nachtigall«, wo wir folgendes Gespräch wieder aufnahmen (siehe oben):

»*Hattest du wirklich noch keinen Freund?*«
»*Nein, du?*«
»*Ja, ganz viele. Weißt du doch schon: Mein bester Freund heißt Norbert.*« Ich lachte.

Margreth knuffte mich in die Rippen. »*Du weißt schon, wie ich es meine.*«

Ich gab ihr erst einmal einen Kuss.

»*Nein, ich hatte noch keine Freundin. Schlimm? Bist du noch Jungfrau?*«

»*Ja, natürlich. Was denkst du denn?*« Eine gespielte Entrüstung war das. »*Und du? Hast du schon einmal mit einem Mädchen geschlafen?*«

»*Nein.*«

Ein paar Minuten war Stille.

»*Möchtest du mit mir schlafen?*« Dabei zog ich Margreth fest an mich und ich streichelte ihr Gesicht. Ich erhielt einen Kuss.

»*War das ein Ja?*«

»*Das war ein Vielleicht!*« Dabei lachte sie frech und lieb zugleich.

»*Wenn die Mädchen Nein sagen, meinen sie Vielleicht. Sagen sie Vielleicht, meinen sie Ja.*«

»*Wo hast du denn diese tolle Weisheit her?*«

»*Und – stimmt's?*«

Margreth streckte mir die Zunge heraus, was hieß: Küss mich.

Tat ich auch. Lange und fest und innig.

»*Ich würde schon gern mit dir schlafen, ganz toll gerne.*«

»*Ich auch*«, und dabei legte sie ihren Kopf auf meine Schulter. »*Aber kennen wir uns schon lange genug? Edith – mit der habe ich darüber gesprochen – sagte, ich solle noch warten. Sie hat es schon getan und bereut.*«

»*Wieso hat sie es bereut? Und wieso tut sie es, wenn sie es hinterher bereut?*«

»*Hat sie nicht gesagt. Hab auch nicht gefragt.*«

Ich war ein wenig verstimmt. »*Was geht uns Edith an? Wir lieben uns doch, oder?*«

»*Ja, ich hab dich ganz dolle lieb.*« Dabei streichelte Margreth mich ganz zärtlich.

Mein klitzekleiner Ärger war sofort wieder verflogen.

»Aber selbst wenn wir es wollten, wir haben doch keine eigene Wohnung. Und draußen? Nee.«

Das war damals wirklich so. Kein großes Problem, aber eine Situation, die heute deutlich leichter ist.

»Und wenn wir eine sturmfreie Bude hätten?«

»Meine Eltern gehen nie aus, deine denn?«

»Na ja, meine Eltern gehen hin und wieder aus, aber komisch wäre es trotzdem.«

»Wo ein Wille ist, ist auch ein Gebüsch.« Ich versuchte komisch zu sein. *»Hast du oft daran gedacht und dir vorgestellt, wie es wohl ist, wenn wir zum ersten Mal zusammen schlafen?«*

Statt einer Antwort bekam ich einen langen Kuss und mir schien, er war intensiver als sonst; das nahm ich als Antwort.

»Dann gehen wir eben in ein Hotel.«

War in dem Moment, als ich es sagte, gar nicht ganz so ernst gemeint – aber warum eigentlich nicht?

Margreth kuschelte sich noch enger an mich. Mir wurde ganz anders. Dann wurde es Margreth ganz anders, und dann wurde uns beiden noch mehr anders, und dann wurde es ganz, ganz schön anders.

Circa fünfzehn Minuten später.

»War das dein Ernst, das mit dem Hotel?«

»Ja, warum nicht?«

»Und wo?«

»Irgendwo in der Stadt.«

»Meinst du, die geben uns ein Doppelzimmer?«

»Warum denn nicht?«

»Aber die sehen doch, dass wir nicht verheiratet sind.«

Damals war das wirklich ein Problem.

»Dann nehmen wir eben zwei Einzelzimmer.«

Es trat Stille ein. Jeder war bei sich. Mein Puls raste. Mit Margreth allein in einem Zimmer. In einem Bett. Mir wurde schon wieder anders. Sollte das Wirklichkeit werden?

»*Und wann?*«

»*Sofort. Komm. Wir nehmen den Handelshof.*«

Dabei zog ich sie an mich. Das war ein Witz. Wir wussten beide, dass wir uns den Handelshof gar nicht leisten konnten. Der Handelshof war das erste Haus am Platze, am Hauptbahnhof.

»*Nein, wir nehmen den Kaiserhof.*«

Nun war es Margreth, die witzig wurde. Der Kaiserhof im Bankenviertel hatte die gleiche Preisklasse.

»*Ich nehme jetzt weder den Kaiserhof noch den Handelshof, sondern dich.*« Dabei zog ich sie an mich und gab ihr einen Kuss, der jeder Hochzeitsnacht zur Ehre gereicht hätte.

»*Also wann?*«

»*Ho, ho, Madam hat es jetzt aber eilig. Torschlusspanik?*«

Ich bekam einen Rippenstoß, der mir einen Moment den Atem nahm.

»*Ist ja schon gut. Was meinst du denn?*«

»*An einem Wochenende jedenfalls.*«

»*Ich liebe dich.*«

»*Ich liebe dich.*«

Ich tat, als überlegte ich.

»*In drei Wochen. Dann ist kein Wettkampf.*« Wusste ich gar nicht. Aber was ist schon ein Schwimmwettkampf gegen »das erste Mal«. Mit Margreth schlafen!

Zu dem Zeitpunkt war mir nicht bewusst, dass wir beide keine Ahnung hatten.

»*Wir nehmen das City-Hotel auf der Viehofer Straße.*« Ganz spontan kam mir der Gedanke.

»*Und warum das City-Hotel?*«

»*Sieht preisgünstig aus, und die lassen uns bestimmt rein. Ist nicht so vornehm.*«

Wir schwiegen. Hörten uns atmen. Ich roch meine kleine Friseurin. Ich riech sie immer noch, 46 Jahre später.

Die Luft vibrierte. Es war Herbst.

»*Sollen wir mal hingehen?*«

Es war mehr eine Aufforderung als eine Frage.

»*Wohin?*«

»Zum Hotel.«
»Und warum?«
»Einfach mal schauen. Nur von außen.«
»Nur von außen? Ohne Betten testen?«
»Ach, also doch Torschlusspanik.«
Was folgte? Na was wohl? Ein langer, langer Kuss.

Wir standen auf, gingen zur Straßenbahnhaltestelle und fuhren zum Hauptbahnhof. Händchen haltend schlenderten wir die Kettwiger, Essens Prachtstraße, hinunter. Ab und an vor einem Schaufenster stehen bleibend und die Auslagen betrachtend. Vor »Deiter«, dem wohl bekanntesten und teuersten Juwelier in Essen, verweilten wir ein wenig länger. Ich zeigte auf die Trauringe.

»Schau mal, welchen Trauerring würdest du nehmen?«

Margreth hatte die Spitze mit dem »Trauerring« nicht mitbekommen. Nach einer Weile zeigte sie auf einen Platinring. 1000 DM? Ich weiß es nicht mehr. Ich weiß nur noch, sehr, sehr teuer.

»*Boah, so viel Geld für einen kleinen Trauerring?*«

Nun kam es an. Ich bekam einen Knuff. »*Ich gebe dir gleich Trauerring. Möchtest du nicht irgendwann einmal heiraten?*«

»*Heiraten? Ich? Warum eine ganze Kuh kaufen, nur um ein Glas Milch zu bekommen?*«

Bevor irgendeine Reaktion kommen konnte, zog ich sie an mich.

»*War ein Scherz. Nur dich möchte ich!*« Dabei küsste ich sie, mitten auf der Prachtstraße. Schauten die Leute? Ich hab es nicht mitbekommen. War mir auch egal.

Margreth nicht. »*Komm weiter!*«

Wir gingen weiter. Die Kettwiger mündete in die Viehofer.

»*City-Hotel. Alles aussteigen, eh, ich meine, alles einsteigen!*«

War wohl nicht so witzig. Margreth sagte jedenfalls nichts. Sie schaute zum Hoteleingang.

»*Die lassen uns rein?*«

»*Soll ich mal fragen?*«

»*Trauste dich?*«

»*Na klar traue ich mich. Wir haben uns doch vorhin Trauringe angeguckt.*«

Und schon marschierte ich los und verschwand hinter der Hoteleingangstür. Mein Herz schlug bis zum Hals. Ich sah zum Empfang und die Empfangsdame sah zu mir. Was sie gedacht haben mag? Wahrscheinlich sah sie mir an, was ich wollte.

»*Oh, ich habe mich vertan*«, hörte ich jemanden sagen, und dann war der Jemand auch schon wieder draußen. Hatte ich Margreth beeindruckt?

»*20 DM ohne Frühstück.*«

»*Doppelzimmer?*«

»*Doppelzimmer.*«

Stille.

»*Ich hab gar nicht gefragt.*«

Wir lachten beide herzhaft, wie zwei Verliebte lachen, wenn sie das ganze Leben noch vor sich haben.

»*Genug geguckt.*« Damit zog ich Margreth zu dem Radio- und Fernsehgeschäft gegenüber vom City-Hotel. Ich sah ins Schaufenster. Aber so richtig interessierten mich die Stereoanlagen nicht. Wir schlenderten langsam zum Hauptbahnhof zurück. Ein wenig ruhiger als auf dem Hinweg.

Ins Hotel gehen. Du liebe Zeit.

»*Woran denkst du?*«

Margreth antwortete nicht sofort.

»*Woran denkst du?*«

»*Meinst du, wir kennen uns wirklich schon lange genug?*«

»*Schon viel zu lange.*«

Margreth ließ meine Hand los und lief ein paar Schritte voraus.

»*War doch nur Spaß!*« Und schon war ich hinter ihr, hielt sie fest, drehte sie herum und küsste sie. Margreth war nicht wirklich böse.

»*Ich lass dich nie mehr los, schließlich bist du doch die Mutter meiner zukünftigen Kinder. Mindestens sechs Stück. Nur Jungens.*«

Margreth antwortete nicht, sondern blieb einfach in meinem Arm.

»*Ich liebe dich.*«

»Ich liebe dich.«

Bis zum Hauptbahnhof sprachen wir gar nicht mehr. Blieben auch nirgendwo stehen.

»Ich fahr noch mit zu dir.«

Gemeinsam stiegen wir in die Linie 7 ein.

»Und wann?«

»Und wann was?«

»Wann sollen wir ins Hotel gehen?«

»Hey, nicht so laut, wir sind nicht allein hier.«

»Na und? Kann doch jeder wissen.«

Margreth hielt mir die Hand auf den Mund und lachte.

»Komm, aussteigen.«

Ich wäre glatt weitergefahren. Eng umschlungen standen wir im Hausflur. Ohne Licht.

»Du riechst gut.«

»Dein Bart kratzt.«

Ich hatte schon einen Bart und war stolz darauf, vor allen Dingen, dass er kratzte. Das Licht im Hausflur ging an und wir

stellten uns schnell nach draußen. Es war ein Hausbewohner, der mit seinem Hund Gassi ging. Wir grüßten artig. Nur der Hund grüßte zurück.
»*Lass uns noch ein wenig warten, ja?*«
»*Ja gut, aber nur bis morgen.*«
Natürlich war es scherzhaft gemeint, Margreth verstand es auch so.
»*Nichts da, bis übermorgen.*«
»*Komm, wir gehen wieder in den Hausflur.*«
»*Lass uns warten, bis der mit seinem Fiffi zurückkommt.*«
»*Verlässt du mich auch nicht?*«
»*Nie. Ich liebe dich.*«
»*Noch mal.*«
»*Ich liebe dich.*«
»*Noch mal.*«
»*Ich liebe dich.*«
Ich weiß nicht, wie lange das noch gegangen wäre, wäre Fiffi nicht eingeschritten.
»*Lasst ihr mich mal rein?*« Es war Herr Fiffi, der unser Spiel unterbrach. Wir

konnten es nun im Hausflur fortsetzen, bis zum: »*Schlaf gut. Ich liebe dich.*«

Mann. Margreth und ich im Hotel. Mit diesen Gedanken fuhr ich nach Hause und mit diesen Gedanken schlief ich ein. Und ich träumte und träumte und träumte von Schmetterlingen. Von vielen großen, kleinen, bunten Schmetterlingen.

Und dann, dann war er da, der Tag, an dem wir das Wochenende ausmachten, wo es geschehen sollte. Das erste Mal. Mit Margreth in einem Bett. Ohne was an. Und dann wurde mir wieder ganz anders.

Unser nächstes Treffen gestalteten wir im Hespertal. Ein wunderschönes kleines Waldstück mit einem romantischen Bauerngasthof. Bauer Barkhof. Wir platzierten uns in der hintersten Ecke, bestellten unsere Cola und hielten Händchen.

Es war Herbst. Der Wald war bunt und roch wunderbar.

Natürlich ging es um unser erstes Mal.

»*Weißt du schon, wann?*« Ich war es, der fragte.

Margreth schüttelte den Kopf.

»*Sonntag, den Achtundzwanzigsten*«, hörte ich mich sagen.

Margreth schaute mich nur an. Ich schaute zurück.

»*Ich liebe dich.*« Dabei gab ich ihr einen Kuss auf die Nase.

»*Ich liebe dich.*«

»*Einverstanden?*«

Margreth nickte. Wir tranken unsere Cola aus. Ich zahlte und wir gingen in den Wald. Eng umschlungen.

Plötzlich blieb Margreth abrupt stehen und schaute mich an.

»*Und wie verhüten wir?*«

Ach ja. Das war ein wichtiges Thema.

»*Mit Kondom.*«

Es trat eine spannende Pause ein.

»*Und wenn es kaputtgeht?*«

»*Bei mir ist noch nie eins kaputtgegangen*«, sagte ich und lachte.

Margreth lachte mit. »*Angeber. Ich meine das ernst. Ich will nicht schwanger werden.*«

»*Wir können ja noch Patentex nehmen.*«

»*Zusätzlich?*«

»*Mmmh. Kennst du Patentex?*«

»*Natürlich kenne ich Patentex. Ich bin zwar noch Jungfrau, aber nicht hinterm Mond. Und woher kennst du es?*«

Ich schwieg einen Moment. Dann zog ich Margreth an mich, nahm ihr die Brille ab und küsste sie. Lange blieben wir einfach nur so stehen.

»*Ich liebe dich.*«

»*Ich liebe dich.*«

»*Sag schon, woher kennst du es?*«

»*Bei uns in der Apotheke ist eine Reklame im Fenster.*«

Die Luft vibrierte und knisterte. Das erste Mal. Mit Margreth.

»*Und das ist sicher?*«

»Denke schon. Patentex plus Kondom muss doch sicher sein. Und wenn nicht, ist doch auch nicht sooooooo schlimm. Schließlich wirst du eh die Mutter meiner sechs Kinder.«

»Witzig werden?«

Und dann fassten wir uns an den Händen und rannten, rannten, rannten und rannten, bis eine Bank in Sicht war. Prustend blieben wir stehen. Das Leben hatte uns voll »adoptiert«. Wir setzten uns schwer atmend auf die Bank. Draußen war Herbst, aber in uns war Hochsommer. Eng umschlungen lauschten wir den Geräuschen des Waldes.

»Wie funktioniert Patentex überhaupt?«, fragte Margreth.

»Ach nee, die holde Jungfrau hinterm Mond weiß nicht Bescheid«, frotzelte ich. »Aber zum Glück kenn ich mich bestens aus, schließlich …«

Weiter kam ich nicht. Ich bekam einen Stoß, dass ich von der Bank flog.

Margreth kugelte sich vor Lachen.

Ich wusste einen Moment nicht, ob ich schmollen oder lachen sollte.

»Boah, warte!« Ich fasste ihre Füße und zog sie von der Bank.

Da saßen wir nun beziehungsweise lagen wir auf dem Waldboden und küssten uns. Ach, war das Leben schön! Ein Dackel machte uns darauf aufmerksam, dass wir nicht allein im Wald waren. Wir fassten uns an den Händen und zogen uns gegenseitig hoch.

»Muss Liebe schön sein!«, hörten wir den Dackel sagen.

Waren wir verlegen? Nein, waren wir nicht. Wir waren verliebt und nichts als verliebt. Wir setzten uns Händchen haltend wieder auf die Bank.

»Nu?«

»Nu was?«

»Wie funktioniert Patentex?«

»Da ist eine Tube mit Chemie drin.«

»Und wie verhütet die?«

»Ist doch einfach. Die Tube kommt rein und ich bleib draußen.«

Ich bog mich vor Lachen, bis ich merkte, dass Margreth nicht mitlachte.

»*Fertig?*«

War sie wirklich brummig oder tat sie nur so? Ich nahm sie in den Arm und knabberte zärtlich an ihrem Ohrläppchen. Das half bisher immer. So auch jetzt.

»*Na, Mutter meiner zukünftigen Kinder, brummelig?*«

Es kam irgendein Geräusch und ein wohliges Nackenkraulen.

»*Genau weiß ich es auch nicht. Kenne es nur vom Schaufenster, wird aber wohl nicht so kompliziert sein.*«

Ich war es, der den Faden wiederaufnahm.

»*Wer besorgt das denn alles?*«
»*Du.*«
»*Nee, du.*«
»*Und warum ich?*«
»*Dafür ist immer der Mann zuständig.*«
Stille.
Na ja, warum nicht?

»*Gut, ich besorg es.*«
Es klang todesmutig.
»*Und wie funktioniert es nun?*«
»*Weißt du es wirklich nicht? Auf die Tube wird ein Röhrchen aufgeschraubt, eingeführt und der Schaum rausgedrückt. Der legt sich vor die Gebärmutter und fängt den Samen auf.*«
»*Und das ist sicher? Ich dachte, du kennst es nur vom Apothekenfenster?*«
»*Schon, habe aber auch mal in irgendeiner Illustrierten was gelesen, und im Übrigen sind alle meine bisherigen Freundinnen nicht schwanger geworden*«, feixte ich.
»*Na klar, sie sind ja auch alle Jungfrau geblieben.*«
Wir nahmen uns in den Arm, streichelten und küssten uns. Hatten wir rosige Wangen vor Aufregung? Ich weiß es nicht mehr, aber ich denke schon.
»*Wir können ja trotzdem zur Sicherheit noch ein Kondom benutzen.*«
»*Das besorgst du aber auch.*«

»*Na klar, und du sorgst für Kartoffelsalat, Kotelett und Bier.*«

Wir lachten und lachten.

Meine Güte, bald ist es so weit. Es war schon der 14. Oktober. Noch zwei Wochen, und dann durfte ich mit Margreth schlafen. Eins mit ihr sein. Sie spüren. Sie nackt sehen. Sie streicheln.

Es wurde plötzlich ganz still. Wir saßen da und schauten uns nur an. Zwei Menschen am Beginn ihres Abenteuers Leben. Am Beginn ihres Abenteuers Liebe. Nur sich und den anderen wahrnehmend. Die ganze Welt umarmen könnend und trotz aller freudiger Erwartung ein wenig Angst vor dem, was kommt.

»*Du musst mir aber ein bisschen helfen.*«
»*Wobei?*«

Ich wusste nicht, wie ich mich ausdrücken sollte, und sagte erst einmal gar nichts.

»*Nu sag schon.*« Margreth bohrte nach.
Ich hielt inne. War aber auch zu dämlich.
»*Nu sag schon, mach es nicht so spannend.*«

»Also, ich weiß ja nicht so genau, wo deine Öffnung ist.« Nun war es heraus.

Margreth schaute mich verdutzt an. Dann lachte sie herzhaft, nahm mich in den Arm und sagte: *»Du bist ein Naturtalent, du schaffst das schon.«*

»War doof, ne?«

»Nein, es war nicht doof. Für mich ist es ja auch zum ersten Mal. Wir haben uns doch lieb, und dann geht alles.«

Wir standen im Herbstwald und hielten uns fest umschlungen, ganz, ganz eng drückten wir uns aneinander. Noch vierzehn Tage. Leben, wir kommen!

Die nächsten Tage vergingen langsam. Jeder Tag hatte mindestens 72 Stunden. Die Arbeitstage gingen nicht vorbei. Die Trainingsabende waren zäh und langweilig. Alles war zäh und unattraktiv, außer natürlich den Stunden, die ich mit Margreth verbrachte.

Ein Telefon hatten wir zu der Zeit noch nicht. Weder Margreths Eltern noch meine. Ich rief nur häufiger von der Telefonzelle im Friseurladen an. Nur gut, dass ich mit Margreths Chefin befreundet war.

Ohne Telefon. Und wir lebten trotzdem und gewiss nicht schlechter als heute. Meine Söhne heute in meinem damaligen Alter ohne Telefon? Die Burschen wären gar nicht lebensfähig. Na ja, so ähnlich jedenfalls.

Die Zeiten sind aber auch nicht vergleichbar. Jede Zeit hat sein Ding. Was werden die Söhne oder Töchter meiner Söhne wohl haben, worüber dann die neuen Alten staunen oder sich wundern?

Es hat sie immer gegeben, die Zeit der Worte: *»Wir damals ...«*

Und dann brach sie endlich an, die letzte Woche vor unserem großen Glück.

Kapitel 5 – Die letzte Woche vor dem Paradies

Montag, 22. Oktober 1962

MmM-Tag – Montag mit Margreth. Montags haben die »Friteusen« frei. »Friteuse« nannte ich Margreth, wenn ich sie ärgern wollte. Fast eine Woche hatten wir uns nicht gesehen.

Wir trafen uns wie fast immer an der »Freiheit«. Die Straßenbahn stand noch gar nicht, da sah ich sie schon in der Tür stehen. Die Haare hochgesteckt. Die Schmetterlingsbrille leuchtete. Und ich hätte sie in der Bonbonniere beinahe nicht zum Tanzen aufgefordert.

Noch eine Woche, dann ohne Rock und Bluse.

Sie lachte mir schon entgegen. Ich nahm sie in den Arm, roch an ihrem Haar und küsste sie auf ihre spitze Nase. Es war sonnig und kühl.

»Was machen wir?«

»*Komm, wir gehen zum Stadtgarten.*«

Wir gingen Hand in Hand Richtung Stadtgarten. Zehn Minuten Fußweg.

»*Woran denkst du?*«

»*Ich bin bei Sonntag.*« Ich war nur noch bei Sonntag. »*Und du?*«

»*An dich.*«

»*Und woran noch?*«

Margreth tat, als ob sie überlegte. Natürlich wusste sie, was ich hören wollte.

»*Ob Rot-Weiss Essen Deutscher Meister wird?*« Sie sah mich dabei frech, provozierend und gleichzeitig liebevoll an.

»*Die spielen Sonntag, wir können ja hingehen.*«

»*Gern, war noch nie da.*«

»*Das ist aber mit einem Risiko verbunden*«, sagte ich bewusst gelangweilt.

»*Mit welchem Risiko denn?*«, fragte sie erstaunt.

»*Na, dass du als alte Jungfer mit einem Schild um den Hals zurück in den Himmel gehst.*«

»*Gib nicht so an. Du kannst es doch gar nicht mehr erwarten. Stimmt's?*«

Ich sagte nichts.

»*Was steht denn auf dem Schild drauf, das ich um den Hals habe?*«

Na also. Funktioniert doch. Man muss nur warten können.

Ich grinste vor lauter Vorfreude auf das Gesicht, das sie gleich machen würde.

»*Ungeöffnet zurück.*«

Dabei ließ ich ihre Hand los und rannte schnell voraus. Das war auch gut so, denn so entging ich einem festen Knuff.

Margreth rannte mir nach. »*Feigling!*«

Ich blieb stehen und streckte ihr die Zunge raus. Sie rannte mir direkt in die Arme. Ich schwenkte sie herum, stellte sie ab, und dann gab es einen Kuss, bis mir die Luft ausging. Das passierte ziemlich schnell, denn ich war vom Laufen noch außer Puste.

»*Ich liebe dich, Mutter meiner zukünftigen Kinder.*«

»*Ich liebe dich.*«

Wir erreichten den Stadtgarten. Am Ententeich blieben wir stehen.

»*Hast du letzte Woche Zeitung gelesen oder Radio gehört?*«, fragte ich.

»*Nee, was meinst du? Hat Rot-Weiss Essen gewonnen?*«

Ich ging nicht darauf ein.

»*Ich meine die Auseinandersetzung der Amis mit den Russen.*«

»*Welche Auseinandersetzung?*«

»*Hast du das wirklich nicht mitbekommen?*« Ich war erstaunt.

»*Nein, du weißt doch, ich interessiere mich nicht für Politik.*«

»*Die Russen haben auf Kuba Raketen stationiert, und Kennedy hat die Russen aufgefordert, sie abzubauen.*«

»*Und tun die Russen das?*«

»*Bis jetzt noch nicht.*«

»*Und ist das schlimm?*«

»*Na ja, es handelt sich um Atomraketen, und von Kuba aus können sie den Amis eins auf die Rübe geben. Kennedy hat übers amerikanische Fernsehen den Abzug bis zum Vierundzwanzigsten gefordert und eine Seeblockade um Kuba angedroht. Auch ein atoma-*

rer Gegenschlag wurde in den Raum gestellt, sollten die Russen angreifen.«

»Und was meinst du, greifen die an?«

»Weiß ich nicht. Kann ich mir nicht vorstellen. Vielleicht nur Kettenrasseln. Die Amis haben doch auch Atomraketen. Nee, da wird schon nichts passieren. Ich glaube, die Russen ziehen ab und dann ist Ruhe.«

Wir schwiegen, nahmen uns in den Arm und schauten den Enten und dem Schwan zu.

»Warum ist der Schwan allein? Schwäne sind so wunderschön.« Margreth sagte es ein wenig traurig.

»Ich weiß es nicht.« Ich drückte sie noch fester an mich, so als wollte ich sie nicht zum Schwan gehen lassen.

»Schwäne bleiben ein Leben lang zusammen.«

»Wir auch?«

»Wir auch.«

Ich nahm Margreths Kopf zwischen meine Hände und schaute sie lange an.

»Ich liebe dich.«

Es wurde ein wunderschöner Montag.

Dienstag, 23. Oktober 1963

Gegen fünf Uhr wurde ich wach und stellte sofort das Radio an, um Nachrichten zu hören. Nicht dass ich besonders beunruhigt war, aber es lag etwas in der Luft. Unbehaglich, bleischwer. Es lag etwas auf meiner Brust. Ich fand keine Nachrichten. Wahrscheinlich waren sie schon vorbei.

Ich legte mich wieder hin, zog mir das Betttuch bis unters Kinn und rollte mich ein wie ein Embryo im Mutterleib.

Margreth. Ich roch sie. Ich streichelte sie. Holte sie zu mir unter die Decke. Bald ist Sonntag. Noch eine unendlich lange Zeit. Ich versuchte wieder einzuschlafen, mit dem Vorsatz, erst am Sonntag wieder aufzuwachen. Ich schlief wieder ein, um noch am Dienstag wieder aufzuwachen.

Schade. Mein Arbeitstag verlief wie jeder andere. Die Kollegen sprachen über Kuba.

»Das gibt Krieg.«
»Nee, glaub ich nicht, die Russen ziehen ab.«
»Solln se doch alles kaputt hauen. Ist eh ein Scheißplanet.«
»Der Ami bombt dann die UdSSR weg. Der hat keine Skrupel. Hiroshima, Nagasaki, na, sagt euch datt watt?«

So und ähnlich wurde diskutiert. So richtig in Sorge schien jedoch niemand zu sein.

Die sollen bloß keinen Blödsinn machen, so kurz vor Sonntag, dachte ich nur.

Zu Hause hörte ich dann übers Radio folgende Nachricht. Die Uhrzeit weiß ich nicht mehr:

Chruschtschow verkündet, die Blockade werde von der UdSSR nicht hingenommen. Er versicherte jedoch gleichzeitig, dass die stationierten Raketen nur der Verteidigung dienten.

Mmh, die Russen müssen sich vor Kuba verteidigen?

Die OAS, die Organisation Amerikanischer

Staaten, bestätigt die Blockade. Die Situation scheint sich zuzuspitzen.

Was sagten meine Eltern dazu? Daran kann ich mich nicht mehr erinnern, aber sie waren auch bedrückt.

Ich hole Margreth ohne Ankündigung von der Arbeit ab.

Mittwoch, 24. Oktober 1962

Noch viermal schlafen, dann schlafe ich mit Margreth. Noch viermal, noch viermal. Margreth, Margreth. Ob Karl und Änne, meine Eltern, mir etwas ansehen? Die Tage werden immer länger. Mittlerweile mindestens 80 Stunden.

Ich muss noch Patentex und Kondome besorgen. Morgen. Hab noch nie ein Kondom benutzt. Wozu denn auch? Nehme mir aber vor, das vorher auszuprobieren. Im Morgenradio kommen die neuesten Nachrichten von Menschen, die mein, die unser Glück bedrohen.

Die Seeblockade beginnt. Kennedy hat sie angeordnet. Bei den Amis heißt das Quarantäne. Amerikanische Kriegsschiffe blockieren die Zufahrtswege. Kein russisches Schiff kommt mehr bis Kuba und kein Schiff von Kuba nach Russland.

Es kommt zu einer ersten Zuspitzung, auch wenn die Amerikaner noch keinen Schießbefehl haben. Den kann nur Kennedy geben.

Alle russischen Schiffe, die auf dem Weg nach Kuba waren, drehen ab. 500 Seemeilen betrug der Blockaderadius um Kuba, der dann jedoch verkleinert wurde, um den Russen mehr Zeit zum Abdrehen zu geben.

Die Russen zeigen keine Bereitschaft zum Einlenken.

Ich beschließe, Margreth nach Feierabend vom Geschäft abzuholen, sie aber vorher anzurufen.

Ihre Chefin ist am Telefon.

»*Hallo Gerti, kann Margreth ans Telefon kommen?*«

»*Einen Moment noch, sie ist gerade am Kopf.*«

»*Was sagst du zu Kuba?*«

Ich musste einfach etwas loswerden.

»*Das ist schlimm. Hier im Laden unterhalten wir uns auch darüber.*«

»*Was meinst du, geht es gut aus?*«

Bitte, bitte, sag ja. Obwohl ich wusste, dass Gertis Antwort keinen Einfluss auf den Ausgang in Kuba haben würde – ich hätte trotzdem gern gehört, dass sie Ja sagt.

Sagte sie aber nicht.

»*Sieht nicht gut aus. Günni und ich gehen heute Abend vorsichtshalber noch mal feiern.*«

Na klasse. Vorsichtshalber feiern. Sollen Margreth und ich vorsichtshalber heute Abend zusammen schlafen? Die Antwort von Gerti, hätte ich sie das wirklich gefragt, wusste ich auch so. »*Worauf wartest du? Macht euch einen schönen*

Abend«, oder so ähnlich. Mit einem Zwinker-Zwinker natürlich.

»*Warte, sie kommt.*«

»*Na, welchen Kopf haste gerade verunstaltet?*«, versuchte ich witzig zu sein.

»*Bin um sieben Uhr fertig, kommst du? Ich muss schnell zurück. Bis gleich.*«

Ich bekam keine Chance, Ja oder Nein zu sagen. So war sie halt. Immer gut drauf.

Fünf Minuten vor sieben stand ich am Geschäft. Da es nieselte, wartete ich im Laden. Margreth winkte mir kurz zu und unterhielt sich, natürlich gut gelaunt, mit ihrer Kundin. Ab und an, wenn es ihre Stellung am Kopf zuließ, strahlte sie zu mir herüber. Mann, war ich verliebt! Bald sind wir ganz füreinander da.

Es dauerte etwas länger als bis sieben. Was machte das schon?

Wir standen auf der Straße unter einem Regenschirm. Ich stand gern mit Margreth unter einem Regenschirm. So ganz eng zusammen. Beschützt.

»*Ich muss aber erst noch nach Hause, Bescheid sagen.*«

»*Okay.*«

Wir gingen schweigend, fest umschlungen, zur Straßenbahnhaltestelle.

»*Kommst du mit hoch? Es dauert nicht lange.*«

»*Nee, ich warte hier unten. Beeil dich!*«

Sie gab mir einen Kuss und war weg.

Es ging wirklich schnell.

»*Hab mich gar nicht umgezogen.*«

Ich hörte, wie über uns ein Fenster aufging. Margreths Mutter schaute heraus. Ich blickte hoch und winkte. Ich mochte Margreths Mutter. Margreth hatte sehr viel Ähnlichkeit mit ihr. Besonders die Nase zeigte die »Besitzverhältnisse«.

»*Komm nicht so spät!*«

Mütter!

Wir gingen bis zur Eckkneipe und bestellten für jeden eine Cola.

Der Laden war leer. An den Tischen waren wir die einzigen Gäste. An der Theke standen ein paar Männer und knobelten mit dem Wirt. Schlaue Wirte knobelten immer mit ihren Gästen. Schneller können sie ihr Geld nicht verdienen. Ist ja auch legitim. Den Gästen wird ein Gefühl des Geborgenseins vermittelt, dafür bestellen sie mehr. Wir hörten am Tisch, wie die Knobelbecher auf die Theke krachten und die passenden Sprüche dazu fielen. Sie spielten wohl Pasch. Jedenfalls war es so laut, dass wir uns ungestört unterhalten konnten, niemand hörte zu.

»Ich war noch nie hier drin.«

»Ich auch nicht.«

»Ha, ha, wie denn auch? Du wohnst doch nicht hier.«

»Na und? Deshalb kann ich doch hier drin gewesen sein.«

»Und weshalb solltest du?«

»Na, ist doch klar. Um auf dich zu warten und dich dann zu verführen.«

Dabei legte ich meine Hand auf Margreths Knie. Sie nahm meine Hand und legte sie wieder auf den Tisch.

»*Die kennen mich doch hier*«, kam es dann, fast entschuldigend.

»*Gerti und Günni gehen heute auf Fete.*«

Margreth nickte. »*Ich weiß.*«

»*Gerti sagte, sie machen das vorsichtshalber.*«

»*Vorsichtshalber was?*«

»*Vorsichtshalber, bevor es zum Atomkrieg kommt. Und sie sagte, wir sollten vorsichtshalber schon heute Abend zusammen schlafen.*«

Ich sagte das ganz ernst und war auf Margreths Reaktion gespannt. Sie schaute mich merkwürdig an. Konnte den Blick gar nicht deuten.

»*Möchtest du gern?*«

»*Und du?*«

»*Ich habe zuerst gefragt.*«

»*Ja, sofort, aber nur, wenn ich wüsste, dass morgen die Atombomben fallen.*«

Dabei nahm ich Margreth in den Arm und legte meinen Kopf auf ihre Schulter. Sie roch wunderbar. Nach Friseuse, nach Liebe, nach Mädchen, nach Leben. Atombomben, wie riechen die? Riechen die überhaupt?

Ich sehe den Atompilz über dem Bikini-Atoll, so wie ich ihn schon einmal in irgendeiner Zeitung auf einem Foto gesehen hatte. Damals hatte er mir keine Angst gemacht. Aber wenn ich es mir richtig überlege: Angst vor der Atombombe habe ich eigentlich gar nicht. Ich habe im Moment nur Angst davor, dass sie zu früh fällt. Ich freue mich doch so auf den Sonntag, auf Margreth, darauf, ein Mann zu werden. Also so ein richtiger Mann, der schon einmal mit einer Frau zusammen war.

Halt, ich war schon einmal mit einer Frau zusammen. Wirklich? Na, ob so wirklich, weiß ich gar nicht mehr. Es war Weihnachten 1959. Mein großer Bruder Heinz gab mir 5 DM als Weihnachtsgeschenk. Mit diesen 5 DM, das war unglaublich viel Geld für mich, ging ich am Zweiten Weihnachtstag in die Stadt. Ich schlenderte die Viehofer hoch bis auf die Kettwiger und ging dann die Limbecker hinunter. Es mag so gegen 15 Uhr gewesen sein und es waren relativ viele Menschen unterwegs.

Dass ich auch noch die Bottroper hochlief, hatte eigentlich keinen Grund. Jedenfalls stand plötzlich das Straßenschild »Stahlstraße« vor mir. Der Puff.

Natürlich hatte ich davon gehört und hatten wir unter uns Jugendlichen unsere Witzchen gerissen, aber wo die Straße sich tatsächlich befand, wusste ich bis dahin nicht. Hier ist also der Puff. Mein Puls ging schneller. Ich sah einige Männer hinter den Eingangsmauern, die dort versetzt standen, verschwinden.

Ich weiß nicht mehr, wie lange ich dort stand und zusah. Irgendwann jedenfalls nahm ich meinen Mut zusammen, schlug den Kragen meines Teddymantels hoch und ging in die verruchte Straße hinein.

Weit kam ich nicht. Schon am ersten Haus sprach mich eine Dirne an. Ich weiß heute noch, wie sie aussah. Mollig, dunkelhaarig und nicht mein Typ.

»Na, magst du zu mir reinkommen?«

Ich wollte weg, ganz schnell weg. Mein

Puls raste wie verrückt. Bestimmt hörte sie das. Aber ich kam nicht von der Stelle.

Stattdessen hörte ich mich fragen: *»Was kostet das denn?«*

Ich bemerkte, dass hinter mir einige Männer standen und genauso neugierig auf den Preis waren.

»Nur drei Mark und ich mach es für dich auch ganz schön. Komm mal mit.«

Sie fasste meine Hand, und schon war ich im Haus und in ihrem Zimmer. Ein schmales Bett und erotische Fotos an der Wand, registrierte ich. Der Raum war in ein diffuses rotes Licht getaucht.

»Zieh deinen Mantel aus und setz dich ruhig aufs Bett.«

Sie nahm mir den Mantel ab und setzte sich neben mich.

»Gibst du mir schon einmal das Geld?«

Ihre Stimme klang samtig, weich und freundlich. Natürlich wusste sie, wie alt ich war.

»Achtzehn biste ja schon, nicht wahr?« Sie fuhr mir übers Haar.

Ich nickte.

»*Gibste mir bitte das Geld?*« Sie streckte die Hand aus.

Ich schwitzte und hatte einen Kloß im Hals. Ich wollte nur weg.

»*Habe ich im Mantel.*«

Sie holte meinen Mantel, ich nahm den Fünfmarkschein heraus.

»*Magst du auch einen Kaffee? Kostet nur eine Mark. Und für noch eine Mark mache ich es dir ganz besonders schön.*«

Kommentarlos gab ich meinen Schein ab. Besonders schön. Was wusste ich, was besonders ist? Ich kannte ja noch nicht einmal normal schön.

»*Zieh die Hose aus.*«

Ich nestelte an meinem Hosenträger. Sie half mir dabei.

»*Wie heißt du?*«

»*Peter.*«

Warum habe ich Peter gesagt? Keine Ahnung. Vielleicht, um den »Dieter« nicht zu beschmutzen?

»*Ich bin die Marie.*«

Ist mir egal. Ich will weg. Ich will meine fünf Mark wieder. Aber es war zu spät. Ich lag auf Marie und zwei Minuten später war alles vorbei. Ich fühlte mich leer und merkte, wie Wut hochkam. Mein Fünfer. Weg. Dass ich keinen Kaffee bekam, den ich auch gar nicht mag, fiel mir erst viel später auf.

Ich stand wieder auf der Straße und ging sofort in Richtung Zuhause. Ich heulte vor Wut. Mein Fünfer. Hoffentlich fragt zu Hause keiner nach dem Geld. Eine leere Konservendose, die mir im Weg lag, schoss ich wütend über die Straße.

Erst viel später erfuhr ich, dass ich am 26. Dezember 1959 wahrscheinlich nicht so richtig zum Mann geworden war, weil die Huren Tricks haben, das bei Unerfahrenen zu verhindern.

»*Woran denkst du?*« Margreth holte mich zurück.

»*An dich. An Sonntag. Ich denke nur noch an dich und an diese Kubascheiße.*«

Meinen kleinen Ausflug in die Stahlstraße erwähnte ich nicht.

Wir küssten uns und spürten unsere Körper.

»Ich liebe dich.«

»Ich liebe dich.«

»Noch viermal schlafen, dann sind wir Mann und Frau.« Ganz sanft und zärtlich flüsterte ich es in ihr Ohr.

»Ja«, kam es genauso leise und zärtlich zurück.

Margreth zahlte, wir gingen hinaus.

»Fahren wir zum Stadtgarten?«

Margreth nickte und hakte sich bei mir ein. Die Fahrt verlief schweigend. Und wieder saßen wir auf der Bank im Stadtgarten und sahen den Schwänen zu.

»Schwäne sind sich ein Leben lang treu.« Margreth legte ihren Kopf auf meine Schulter.

»Ja, Schwäne sind unglaublich geizig.«

Schnell rutschte ich bis ans Ende der Bank.

»Das mit Sonntag überlege ich mir doch noch einmal«, schmollte Margreth spaßeshalber.

»*Willst du den Sonntag auf jetzt verlegen?*«
Der Versuch schlug fehl, denn Margreth stand erhobenen Hauptes auf und ging.

Jetzt schmollte ich und blieb sitzen. Das Schmollen hielt nicht lange an. Als Margreth stehen blieb und sich umschaute, hatte ich ihr schon nachgeschaut. Wir liefen gleichzeitig mit ausgebreiteten Armen aufeinander zu, um dann gefühlt stundenlang umarmt mitten im Stadtgarten stehen zu bleiben. Wir weinten beide, vor Glück und Angst.

Wieder auf der Bank, fragte Margreth plötzlich: »*Hast du schon Patentex und Kondome besorgt?*«

Ich war geneigt, Ja zu sagen, blieb jedoch bei der Wahrheit. »*Nee, noch nicht.*«

Nach einer Pause*: »Ich weiß gar nicht, wo ich die Patentexpackung hintun und verstecken kann. Meine Mutter findet die bestimmt in meinem Zimmer.*«

»*Wäre das schlimm?*«

»*Willst du sie besorgen und mit auf dein Zimmer nehmen?*«

»Nee, nee, das ist schon geklärt, mein Schatz, die besorgst du.«

»Tu ich ja, du Dummerchen.«

Ein langer Kuss folgte. *»Mir wird schon was einfallen.«*

Donnerstag, 25. Oktober 1962

Margreth, Sonntag, Kuba, Atomkrieg. Ich sprang aus dem Bett. Nur diese vier Begriffe bestimmten mein Leben.

Ich frühstückte und überlegte: Wohin mit der Patentexpackung? Dann hatte ich die Idee: Ich werde eine kleine Kiste bauen. Eine Kiste mit Schloss zum Abschließen.

Ich baute eine Kiste aus Pertinax. Pertinax ist so ein braunes Hartfaser-Kunststoffzeugs, das sich gut verarbeiten lässt und im Betrieb zur Verfügung steht. Koch & Sterzel wird es mir verzeihen.

Im Radio nichts Neues aus Kuba, außer dass die Amerikaner der Weltöffentlichkeit wohl eindeutige Fotos der Raketenstationen vorlegten.

Mensch, Kennedy, halt dich bis Montag zurück. Bitte, bitte, nur bis Montag!

Ich beschloss, nach Feierabend in der Nord-Apotheke Patentex zu besorgen. Kondome kann ich ja in der Kneipe ziehen. Drei Stück 1 DM. Ob drei reichen? Ich besorg mal lieber sechs.

Mit klopfendem Herzen betrat ich die Apotheke. Verhütungsmittel. Die wussten dann ja, was ich vorhatte. Hoffentlich kommt ein Mann zum Bedienen. Ganz rechts an der Theke stand der Besitzer der Apotheke. Zu dem stellte ich mich.

Links neben mir stand eine Dame so um die vierzig. Hoffentlich hört die nicht, was ich bestelle. Quatsch, die verhütet bestimmt auch und hat Verständnis. Ich könnte es ja auf einen Zettel schreiben und rüberschieben. Quatsch. Du bist ein Mann und brauchst Verhütungsmittel, was ist dabei?

»Tag, Dieter. Na, erkältet?«

Ach du Scheiße. Frau Kuhlmann vom Parterre.

»Ja, ja, so 'n bisschen. Im Hals.«

Meine männliche Wunschbedienung ging zur anderen Seite der Theke und bediente dort. Zu mir kam, zugegeben eine nette, aber weibliche Bedienung. Ich spürte, wie mein Hals trocken wurde. Wirst du wohl bestellen, du Weichei!

»Ja bitte, was bekommen Sie? Haben Sie ein Rezept?«

»Ja, eh, ich meine nein. Ich brauche eine Packung Aspirin.«

»Eine große oder eine kleine?«

»Ne große, nee, doch lieber eine kleine.«

»Dann bekomme ich zwei Mark.« (War das der Preis? Weiß ich nicht mehr.)

Ich holte meine Geldbörse aus der Hosentasche, nahm zwei Mark heraus und bekam mein Verhütungs-Aspirin. Zwei Mark, ganz schön viel Geld für nichts. Vor allem für nichts zum Verhüten.

»Aspirin hilft aber nicht bei Halsweh.«

Ach ja, Frau Kuhlmann war noch da.

»Bei mir schon. Gruß an Joachim.«

Und schon war ich draußen.

Klasse. Jetzt hatte ich Aspirin. Fahr ich eben mit der Straßenbahn in die Stadt und gehe dort in die Apotheke. Ich fuhr bis zum Hauptbahnhof und ging in die erste Apotheke auf der Kettwiger. Es war viel Betrieb, viel mehr als in der Nord-Apotheke.

Wo ist ein Mann? Ah, da. Boah, ist das heiß hier! Ich schwitzte.

»Ja bitte?«

»Ich bekomme ... Haben Sie ...?«

Genau in diesem Moment legte sich eine Hand auf meine Schulter. Es war Gerd, ein ehemaliger Arbeitskollege, mit dem ich zusammen in einem Lehrjahr war.

»Hei, Dieter. Wie geht's dir, alter Knabe? Gehste mit bei Toscani ein Eis essen?«

Na klar, was meinst du, warum ich in die Stadt gefahren bin? Nur um bei Toscani Eis zu essen.

Der Apotheker schaute mich freundlich an.

»Einmal Aspirin bitte.«

»Eine große oder eine kleine Packung?«

»Eine kleine.«

»Kopfpinne? Aspirin nehme ich auch immer.«

Schön, mein lieber Gerd, aber nicht zum Verhüten.

Nun hatte ich zwei Päckchen Aspirin, aber noch immer kein Patentex. Meine Güte, ist das schwer, ein Mann zu werden!

»Was ist, gehste mit Eis essen? Ich lad dich ein.«

»Danke, Gerd, aber ich muss noch zu Baedecker, ein Buch besorgen. Mein Vater hat bald Geburtstag.«

»Okay, dann mach's gut.«

»Tschau.«

Vier Mark los, fast pleite, zwei Päckchen Aspirin und immer noch kein Patentex. Acht Mark hatte ich mit. Was kostet wohl Patentex? Hoffentlich keinen Fünfer.

Ich steuerte die nächste Apotheke an, in der Innenstadt gab es ja viele davon. Bevor ich das Geschäft aber betrat, sondierte ich, ob ein bekanntes Gesicht zu sehen war. War nicht. Gary-Cooper-Gang aufgesetzt und rein. Ist mir gleich, wer kommt, Mann oder Frau. Patentex ist Patentex, und hier kennt mich keiner.

Es kam wieder eine Nette Anfang zwanzig.

»*Ich hätte gern Patentex.*« Endlich war es raus.

Sie ging ohne eine Miene zu verziehen an ihre Regale und kam mit einer roten Packung zurück.

»*Beschreibung liegt bei. Zwei Mark fünfzig bekomme ich.*«

Mir fiel ein Stein vom Herzen. Und das Geld reichte. Guckt die mich seltsam an? Vor Aufregung fiel mir die Geldbörse aus der Hand und mein Vermögen aus Pfennigen, Zehnern und Fuffis lag auf dem Boden.

Klar, wär auch zu schön gewesen, wenn das hier glattgegangen wäre.

Die nächsten zwei Minuten bestanden aus Geldaufsammeln, Zahlen und Schwitzen.

Dann war ich endlich draußen. Ich hatte es geschafft! Ich hatte unser Patentex.

Mittlerweile war es Zeit, zu Margreth zu fahren und sie vom Geschäft abzuholen.

Ich wartete vor dem Geschäft, nachdem ich mich ihr durchs Fenster gezeigt hatte.

»*Gehen wir zum Stadtgarten?*«
»*Wir nehmen aber die Straßenbahn.*«

Margreth sah unglaublich aus. Ihr Haar hochgesteckt, der Hals sichtbar, der Rock, den sie trug, zeigte ihren Hüftschwung. Das alles gehört mir. Mir. Mir. Mir. Und bald ohne Rock und ohne Bluse. Und es ist erst Donnerstag.

Wir hielten uns umschlungen, bis die Straßenbahn kam, und spürten unseren warmen, lebendigen, jungen Atem am Ohr.

»*Ich hab's.*«

»*Was hast du?*«
»*Patentex. Willste mal sehen?*«
»*Doch nicht hier in der Straßenbahn.*«
»*Okay. Dann gleich, wenn wir da sind.*«

Im Stadtgarten auf unserer »Schwanenbank« holte ich die Tube raus.

»*Da ist ja ein Röhrchen drin.*«

Ich war erstaunt.

Margreth lachte lauthals über meinen Kommentar. Sie hatte aber auch eine Art zu lachen. Wenn ich meine Augen schließe, sehe ich es, das Lachen mit den verschmitzten Mundwinkeln.

»*Was hast du denn gedacht? Glaubst du, die ganze Tube kommt da rein?*« Dabei zeigte sie auf ihren Schoß.

»*Das weiß ich auch, habe ich dir doch neulich noch erklärt, weißte nicht mehr?*« Ich tat überlegen. »*Das Röhrchen kommt auf die Tube und wird dann eingeführt. Weiß doch jedes Kind.*«

Margreth zog an meinen Ohren und gab mir einen Kuss. Meine Hände gingen ein wenig auf Wanderschaft.

»Oho, wir haben noch nicht Sonntag!« Damit schlug sie mir leicht auf die Finger.

Wir sahen uns den Beipackzettel an, der genau beschrieb, wie das Zeug anzuwenden war.

»Wer muss das denn einführen, du oder ich?«

Margreth sah mich fassungslos an. *»Du doch nicht! Das hättest du wohl gern.«* Sie war wirklich entsetzt.

»War ja nur eine Frage.«

Der darauffolgende lange Kuss tat gut, er war an- und aufregend.

Noch dreimal schlafen, dann sind wir Mann und Frau.

»Noch dreimal schlafen, dann sind wir Mann und Frau. Freust du dich?«

»Ja. Ich liebe dich.«

»Ich liebe dich.«

Ganz, ganz fest hielten wir uns. Kuba war weit weg.

»Und wo tust du die Packung hin?« Margreth ging zum Praktischen über.

Ich holte meine Geldbörse heraus, entnahm ihr einen kleinen Schlüssel und sagte: »*Habe mir einen Safe gebaut. Steht zu Hause unterm Bett.*«

»*Und den findet deine Mutter nicht?*«
»*Und wenn schon, ist doch verschlossen.*«
»*Hast du auch Kondome besorgt?*«
»*Nee, noch nicht. Aber meinst du nicht, Patentex reicht?*«
»*Besorg lieber auch Kondome. Vielleicht ist das ja nicht hundertprozentig sicher.*«

Wir blieben noch eine wunderschöne Stunde und fuhren dann jeder für sich nach Hause, wo eine klitzekleine, logistische Aufgabe auf mich wartete.

Die Patentexpackung musste in den Safe, steckte aber noch im Mantel, als ich in die Wohnung kam. Wo mache ich das? In meinem Zimmer? Könnte sein, dass »Änneken«, so nannte ich zuweilen meine Mutter, just in dem Moment ins Zimmer kam, wo ich meine Kiste unterm Bett vorholte. Heute ging ja eh nichts reibungslos.

Mutter kam mir im Korridor entgegen.

»*Hast du Halsschmerzen?*«

»*Ich? Nee. Wie kommste denn da drauf?*«

»*Frau Kuhlmann hat dich in der Apotheke getroffen. Da hast du gesagt, du hast Halsweh.*«

Ach ja. Frau Kuhlmann. An die hatte ich gar nicht mehr gedacht.

»*Ich hatte ein wenig Kopfschmerzen und habe mir Aspirin geholt.*«

»*Aber Aspirin haben wir doch noch.*«

Mutter legte mir fürsorglich ihre Hand auf die Stirn, um die Temperatur zu fühlen.

»*Fühlt sich ein wenig warm an*«, war ihre Diagnose. »*Ich mach dir einen Tee und Salzwasser zum Gurgeln.*«

»*Mach das, Mutti.*« Damit wollte ich in mein Zimmer gehen.

»*Häng deinen Mantel an die Garderobe.*«

»*Ja, sofort.*«

Damit war ich im Zimmer, an meinem Bett und die Patentexpackung unter meiner Bettdecke. Das war geschafft. Den Mantel konnte ich nun beruhigt an die Garderobe hängen.

Während »Änneken« Tee und Salzwasser zubereitete, nahm ich meinen »Safe« und die Patentexpackung und ging ins Badezimmer. Hier war ich relativ sicher. In Bad und Toilette kam niemand hinein, wenn es besetzt war.

Nur hatte ich den Schlüssel des Schlosses noch im Portemonnaie, und das war im Mantel. Also raus aus dem Bad und in den Korridor zum Mantel. Der »Safe« lag in der Badewanne.

»Bist du fertig? Dann trink deinen Tee«, hörte ich Mutters Stimme.

Ach herrje.

»Nein, ich bin noch nicht fertig. Komme aber sofort.«

Eine Minute später lag Patentex im »Safe« und dieser unter meinem Bett.

Ach, schmeckte der Tee gut! Mein Nachtgebet umschloss auch Kennedy.

Mit Gedanken an Margreth und unsere »Hochzeitsnacht« schlief ich ein.

Freitag, 26. Oktober 1962

Der Morgen begann wie die anderen Tage auch:

Margreth, Kuba, Kennedy, Atomkrieg. Die Reihenfolge weiß ich nicht mehr. Wohl alles gleichzeitig. Ich steckte vom Bett aus meine Nase darunter und sah ihn, meinen Safe. Im Himmel war ich also nicht. Aber bald im siebten Himmel. Nur noch zweimal schlafen. Danke, Herr!

»Alles in Ordnung? Du kommst mir ein wenig zerstreut vor.«

Mutter saß am Frühstückstisch. Mein »Änneken« machte sich immer Sorgen.

»Hast du schon Radio gehört? Gibt es etwas Neues aus Kuba?«

»Die kriegen unsere Welt schon kaputt.«

Recht hatte sie.

»Aber erst ab Montag.«

»Wieso Montag?«

Ups, das war mir so rausgerutscht.

»War ein Scherz.«

»*Damit macht man keine Scherze.*« Mutters Stimme klang besorgt.

Mit Vater hatte ich noch gar nicht darüber gesprochen. Ich beschloss, das heute Abend zu tun, sollte er noch auf sein, wenn ich von Margreth zurückkam.

Vater ging immer zeitig zu Bett. Um drei Uhr musste er nämlich schon wieder aufstehen. Als Straßenbahnschaffner fuhr er immer die gleiche Linie zur gleichen Zeit. Linie 7. Schonnebeck – Margaretenhöhe. Dafür war er aber auch schon um 14 Uhr zu Hause. Mein Vater war beliebt bei seinen Stammfahrgästen, die immer zur gleichen Zeit an der gleichen Haltestelle standen, um zur Arbeit oder zur Schule zu fahren. Damals liefen die Schaffner noch rum und standen auf der Straße, um zu sehen, ob das alles ordnungsmäßig ablief. Mit einem »Fertig, ab!« zog er dann den Lederriemen unter der Straßenbahndecke, und die Glocke gab dem Fahrer das Signal, loszufahren. Besonders bei den Kindern war »unser Kalli« beliebt.

Öfter kam es vor, dass Willi oder ein anderer Stammfahrer nicht an der Haltestelle stand. Dann wartete Kalli auch schon einmal eine Minute, bis sein »Fertig, ab!« erschallte.

Und heute? Wohin entwickelt sich die Menschheit?

Ich weiß noch, wie Vater von seinen Fahrgästen einen Frühstückskorb zur silbernen Hochzeit erhielt. Und ich weiß noch, dass er Tränen in den Augen hatte, so wie ich jetzt beim Schreiben. Als ich noch zur Schule ging, war es schön, dass Vater früh zu Hause war, denn dann war er schon da, wenn ich kam. Ich liebte meinen »Kalli«, meinen Papa.

Ich schaltete das Radio ein. Sieben-Uhr-Nachrichten. Keine Entspannung in Sicht. Über den Tag verteilt ergaben die Nachrichten folgende Situation:

Trotz Blockade geht die Stationierung der Raketen auf Kuba weiter. ExComm debattiert über mögliche Schritte. Einige ameri-

kanische Generäle plädieren für eine Kuba-Invasion und Bombardierung der Raketenstellungen.

Chruschtschow schreibt an Kennedy und bietet an, die Raketen von Kuba abzuziehen, wenn versichert wird, auf eine Invasion zu verzichten. Kennedy sichert das zu. Der erste Frachter der UdSSR, der blockiert werden soll, hat Begleitschutz von russischen U-Booten. Die Amerikaner zwingen die U-Boote durch Wasserbomben zum Auftauchen.

(Einige U-Boote sind mit atomaren Torpedos ausgerüstet, was die Amerikaner zu dem Zeitpunkt aber nicht wussten.)

Ich beschließe, mir einen Tag Grippe zu nehmen. Ich kann nicht arbeiten, mich nicht konzentrieren.

Morgen ist Samstag. Ich gehe in die Stadt. Laufe ziellos umher.

Die Kreuzeskirche am Webermarkt kommt mir in den Sinn. In dieser Kirche bin ich 1957 konfirmiert worden. Auch wenn ich mit Kirche nichts mehr am Hut hatte, blieb diese Kirche für mich etwas Besonderes.

Mit diesem Gefühl ging ich hinein. Sie war leer, ich setzte mich in die letzte Reihe. Ich saß da bestimmt eine Stunde. Ich betete.

Bitte, bitte, kein Atomkrieg. Und wenn es denn sein muss, dass eine neue Sintflut, diesmal durch Atombomben, die Menschheit vernichtet, dann bitte, bitte erst am Montag. Herr, du schlossest doch nach der Sintflut mit den Menschen einen neuen Bund.

Der Regenbogen war das Zeichen für diesen neuen Bund. Letzte Woche habe ich noch einen gesehen. Gilt das nicht mehr? Ich weiß, es sind die Menschen, die diesen Bund nicht einhalten. Sogar deinen Sohn haben sie getötet. War ich auch dabei? Ist dieser Atomkrieg die Ernte unserer Saat?

Margreth und ich lieben uns so sehr. Ich weinte. Vor dem Hinausgehen betete ich das Vaterunser.

Im Stadtgarten verbrachte ich die restliche Zeit bis zu Margreths Feierabend.

Wir gingen zum Italiener und bestellten eine Pizza auf zwei Teller.

»Wie war dein Tag? Viel Trinkgeld bekommen?«

»Ach, die Menschheit wird immer geiziger«, und dabei lachte sie ihr Margrethlachen.

»Noch zweimal schlafen.«

»Und daaaaaaann?«, zog sie die Frage kokettierend in die Länge.

»Dann ist nix mehr mit Jungfrau Margreth.« Ihre Unbeschwertheit war ansteckend.

»Ach, bis dahin kann noch so viel passieren. Wer weiß, wer weiß?«

Kuba meinte sie dieses Mal bestimmt nicht.

»Was kann noch soooo viel passieren? Meinst du, ich könnte mich noch verbessern?« Ich stieg auf das Spielchen ein und war schneller als sie.

»Du Schuft. Küss mich sofort, oder …«

»Oder was?«, unterbrach ich sie.

»Oder, oder … ich küss dich.«

»Ich liebe dich und ich will, dass es ganz schnell Sonntag wird.«

»Ich liebe dich auch, mein kleiner Lustmolch. Günni sagt, in Kuba sieht es nicht gut aus, es spitzt sich immer mehr zu. Eine Kundin war schon richtig in Panik.«

Ich nickte nur.

»Ich war heute nicht arbeiten. Bin den ganzen Tag in der Stadt rumgelaufen. War bis vorhin im Stadtgarten. Heute Mittag war ich in der Kreuzeskirche und habe gebetet.«

Margreth streichelte mein Gesicht. Dann kam unsere Pizza.

»Lecker?«

»Mhm.«

»Wie wollen wir das am Sonntag machen?«

Erst als die Frage raus war, merkte ich, dass sie missverständlich klang. Margreth lachte mich auch ganz »erotisch« an.

»Wir können uns ein Buch besorgen und dann klappt das schon.«

»Ha, ha, ich meine so mit Uhrzeit und Essen, Trinken. Im Hotel ist das bestimmt teuer.«

»Wir können doch alles mitbringen. Brötchen und Fleischwurst und was zu trinken.«

»*Sollen wir versuchen, ein Doppelzimmer zu nehmen?*«

»*Nee, das geht überhaupt nicht. Machen die nicht. Die sehen uns doch an, dass wir nicht verheiratet sind. Wir nehmen einfach zwei Einzelzimmer und gut is'.*«

»*Wer geht denn zuerst rein?*«

»*Du.*«

»*Nee, du. Ladies first.*«

»*Du bist doch der Ritter, der zu seinem Burgfräulein will.*«

»*Stimmt. Und was ist, wenn statt des schönen Burgfräuleins ein alter Drache kommt?*«

»*Dann musste eben den alten Drachen lieben.*«

»*Ich liebe dich, mein kleiner süßer alter Drachen.*«

»*Ich liebe dich auch, mein edler Ritter Lancelot.*«

Kuba war soooooooo weit weg.

»*Betest du abends?*« In der Haustür von Margreth stellte ich diese Frage.

»Nicht immer, aber diese Woche jeden Abend.«

»Ich auch.«

Samstag, 27. Oktober 1962

Ich schlafe länger und bleibe länger im Bett liegen. Bis acht Uhr.

Morgen ist Sonntag. Kuba. Ich schalte im Radio die Nachrichten ein.

Die Lage spitzt sich zu. Die Russen haben über Kuba ein amerikanisches Aufklärungsflugzeug mit einer Rakete abgeschossen. Der Pilot wird dabei getötet.

Jede Minute kann der Atomkrieg ausbrechen und morgen ist Sonntag. Sonntag, Sonntag, Sonntag. Margreth, Margreth, Margreth. Atomkrieg, Atomkrieg, Atomkrieg.

Ich muss doch etwas tun. Was kann ich denn tun? Ich gehe wieder ins Bett, ziehe mir die Bettdecke über den Kopf und bete.

»Herr, mein Gott, lass nicht zu, dass es Krieg gibt. Lass nicht zu, dass so doofe Menschen alles zerstören. Vater unser, der du bist …«

Ich liege unter meiner Decke und weine. Änneken macht die Tür auf.

»Du liegst ja wieder im Bett. Ist alles in Ordnung?«

Ach, Änneken, wenn du wüsstest! Dein »Dieterle« will doch nur morgen zum Mann werden.

»Ich stehe schon auf.« Tat ich auch.

»Frühstückst du nicht?«

»Nein, keinen Hunger.«

Was mache ich bloß? Ich beschließe, in die Stadt zu fahren. Ich fahre aber nicht, sondern laufe. Sind ja nur dreißig Minuten.

»Kommst du zum Mittagessen?«

»Nein. Tschüss.«

Und schon war ich draußen.

Fünfzehn Minuten brauche ich bis zum Viehofer Platz. Schaue mir am »Roxi«, einem Kino mit schlechtem Ruf, die Filmbilder an. Westernbilder. War noch nie im Roxi. Warum eigentlich nicht? Gehe weiter Richtung Innenstadt. Meine Gedanken sind in Kuba. Atomkrieg, Margreth, Atomkrieg, Margreth, Atomkrieg, Margreth. Stehe am UFA-Palast und schaue mir auch dort die Filmbilder an. Der UFA-Palast ist das »gute Kino«, in dem Familienfilme laufen, zum Beispiel mit Ruth Leuwerik und Heinz Rühmann. Habe hier mit Änneken einen Film mit Caterina Valente gesehen. Weiß nicht mehr, wie er hieß, war aber schön.

Plötzlich merke ich, wie mir Tränen die Wangen hinunterlaufen.

Eine Frau mittleren Alters, so gegen vierzig (!), schaut mich von der Seite an und will auf mich zukommen. Rasch gehe ich weiter. Das fehlte mir noch.

Gehe Richtung Webermarkt und sehe von Weitem meine Kreuzeskirche. Da gehe ich jetzt rein. Es muss so um die zehn Uhr sein. Ich trug damals schon nie eine Uhr. Warum auch? Irgendwo ist immer eine Uhr.

Vor der Kirchentür bleibe ich stehen.
»*Herr, darf ich eintreten?*«
»*Ja, du darfst.*«

Obwohl Markt ist und viele Menschen da sind, ist die Kirche fast leer. Nur zwei ältere Frauen sitzen in der Mitte der Kirche. Ich setze mich hinten hin. Ob die beiden auch Angst vor einem Atomkrieg haben? Um was die wohl beten? Muss man eigentlich einen besonderen Grund haben, um in eine Kirche zu gehen? Frag sie doch! Scherzkeks.

Meine inneren Stimmen verstummen in dem Moment, als die Orgel anfängt zu spielen. Und wieder laufen mir die Tränen lautlos über die Wangen. Ich lasse es geschehen. Genieße ich es vielleicht sogar? Mag sein. Hier nimmt ja auch niemand Notiz von mir. Mit den Ellbogen auf den Knien, den Kopf in die Hände gestützt, sitze ich da und weine lautlos. Alles springt durcheinander. Margreth, Kuba, Schwimmverein, Arbeit. Warum ist das so?

Ich sehe Papa vor mir. Sehe seinen von Granatsplittern verwundeten Kopf. In Russland ist das passiert. Ich weiß auch aus seinen Erzählungen, wie es passiert ist. Er saß mit vier Kameraden irgendwo sicher, sie spielten Karten. Die Kameraden hatten Feldmützen auf dem Kopf, Papa einen Stahlhelm, weil die Mütze weg war. Eine Granate schlug bei ihnen ein. Alle anderen drei tot, Papa überlebte dank Stahlhelm.

Mutter hatte ihm Wochen vorher ein vierblättriges Kleeblatt an die Front geschickt, das sie auf dem Feld gefunden hatte. Ob es das war, was ihn schützte? Viele glauben ja an so etwas. Ich bin mir nicht sicher, ob ein Kleeblatt hilft. Na ja, schaden tut es jedenfalls auch nicht. In einem Segelflugzeug, das im Schlepp eines Motorfliegers hing, wurde Papa unter Beschuss nach Hause geflogen.

Papa. Ich liebe ihn. Und wieder weine ich.

Ob ich auch einmal Kinder bekomme?

Vielleicht ist ja bald alles vorbei. Aber bitte erst ab Montag. Ab Montag.

Ich bete. *»Lieber Gott, bitte lass es nicht geschehen. Bitte, bitte. Es ist doch auch deine Welt. Du kannst es verhindern. Ich will auch ...«*

»Du kannst mit Gott keine Geschäfte machen.«

Da war sie wieder, die innere Stimme. Die Orgel spielte weiter. Noch nie hatte ich gern Orgelmusik gehört. Jetzt aber erschienen mir diese Klänge wie direkt aus dem Himmel.

Die beiden Damen gingen hinaus. Ich war allein. Nur die Orgel war da. Das Lied, das jetzt erklang, kannte ich. Mein kirchliches Lieblingslied. Ich sang leise mit.

»Großer Gott, wir loben dich, Herr, wir preisen deine Stärke. Vor dir neigt die Erde sich und bewundert deine Werke. Wie du warst vor langer Zeit, so bleibst du in Ewigkeit.«

War das ein Zeichen, dass dieses Stück erklang? Eine Antwort von Gott? Wie

auch immer. Meine Tränen hörten auf und ein ruhiges, ja friedvolles Gefühl umfing mich. Ich werde Margreth lieben dürfen. Wir können Sonntag zusammen sein. Margreth, ich liebe dich. Ich stand auf.
»Danke, Herr.«

Es war elf, als ich die Kirche verließ. Bei Frau Peters drüben auf dem Markt gab es die leckersten Fischbrötchen. Ich holte mir eins.

Ich beschloss, zu Margreth ins Geschäft zu gehen. Vielleicht machte sie ja Mittag, wenn ich da bin. Ich brauchte knapp eine Stunde und sie war gerade an einem Kopf.

Gerti, ihre Chefin, kam auf mich zu. *»Margreth macht gleich Pause, zwanzig Minuten noch.«*

Ich warf meiner Margreth ein Küsschen zu und wartete.

Schöne Beine hast du, mein Schatz. Und einen schönen Po. Und morgen darf ich alles streicheln. Morgen werden wir Mann und Frau.

Natürlich sind alle Beine und alle Pos für Verliebte schön.

Ich blieb noch zehn Minuten im Laden und wartete dann draußen vor der Tür. Und dann kam sie raus. Lachend wie immer.

»Hey, was treibt dich denn schon hierher? Ist was passiert?«

Ich schüttelte den Kopf. *»Ich hielt es zu Hause nicht mehr aus.«*

»Krach mit deinen Eltern?«

Ich schüttelte wieder den Kopf. *»Wie viel Zeit hast du?«*

»Dreiviertelstunde.«

Wir hakten uns ein und gingen in Richtung Park.

»Willst du was essen?«

»Nee, jetzt nicht. Ich esse immer zwischendurch. Aber erzähl, was ist los? Du hast so rote Augen. Hast du geweint?«

»Ja.« Und wieder hatte ich einen Kloß im Hals. Heul jetzt bloß nicht. *»Kuba.«*

Mehr bekam ich im Moment nicht heraus.

Nach mehrmaligem Schlucken: »*Es sieht nicht gut aus. Nach den Nachrichten kann es jeden Moment krachen.*«

»*Ach so.*« Margreth schien nicht besonders beunruhigt. »*Ich glaub nicht, dass etwas passiert.*«

»*Und warum nicht?*« Ich war fast beleidigt, dass sie nicht mit mir litt. »*Es sieht wirklich nicht gut aus. Die Russen haben schon ein Flugzeug über Kuba abgeschossen und US-Kriegsschiffe werfen Bomben auf U-Boote.*«

Nun war sie doch ein wenig betroffen. »*Aber wir beide können es doch nicht verhindern, oder, mein Schatz?*« Sie blieb stehen, drückte und küsste mich.

Ich sagte nichts.

»*Vielleicht ja doch.*« Ich erzählte ihr von meinem Besuch in der Kirche heute Morgen. Von der Orgel und meinem Lieblingskirchenlied und wie ich mich fühlte.

Sie strich mir übers Haar. Ich nahm ihr Gesicht zwischen meine Hände und küsste sie auf Stirn, Brille, Nase und Mund.

»*Hast du schon alles für morgen besorgt? Zu essen, zu trinken? Oder soll ich noch was besorgen?*«

»*Freust du dich?*«

Ich nickte.

»*Ich auch. Ich hab dich ganz, ganz doll lieb.*«

Wir gingen schweigend und eng umschlungen zurück.

»*Holst du mich heute Abend ab? So gegen 18.30 Uhr?*«

Ich nickte nur. Am liebsten hätte ich gesagt: *Komm jetzt schon mit. Sag, du hast Kopfschmerzen.* Stattdessen nickte ich nur und gab ihr einen Abschiedskuss.

»*Na, ihr Turtels?*«

Es war Gerti, die aus dem Geschäft kam und in ihre wohlverdiente Mittagspause ging.

Meine Margreth verschwand im Geschäft und winkte mir hinter der Glastür noch einmal zu. Mein Herz schlug mir bis zum Hals.

Ich beschließe, nach Hause zu fahren. Steige in die Straßenbahn ein und am Porscheplatz wieder aus. Was soll ich zu Hause? Musik hören? Soll ich im Nordpark rumlaufen? Meinen Schulfreund Helmut besuchen? Nee, geht nicht. Kino 7. Ein Non-Stop-Kino am Kopstadtplatz. Da kann man jederzeit rein und so lange drinbleiben, wie man mag. Hat auch nicht das beste Image. Obdach- und Arbeitslose gehen oft morgens rein und abends erst wieder raus. Riecht auch nicht besonders gut. Gehe aber trotzdem rein. Das Kino liegt im Keller.

Was gespielt wurde? Weiß ich nicht mehr. Irgendein Krimi. War eh nicht beim Film. In meinem Kopf lief ein eigener Film ab. Ob das Kino atomstrahlensicher war? Natürlich nicht. Warum eigentlich nicht?

Kuba. Atombomben. Margreth. Lieber Gott. Der Film lief an mir vorbei. Wie hieß der Film eigentlich? Hab gar nicht geschaut. War auch schon mittendrin.

Zwei Reihen vor mir, in der letzten Reihe des Parketts, unterhalb der Logenplätze, die kaum einer nahm, höchstens mal ein Liebespaar ohne eigene Bude, saß genau so ein Liebespaar. Ihre Köpfe zeichneten sich als Silhouette vor der Kinoleinwand ab, um ab und an zu einem Kopf zu werden.

Mitunter war auch wirklich nur ein Kopf zu sehen. Damals fragte ich mich, wo denn der andere Kopf war. Heute weiß ich, wo der war. Aber damals … Was war das für eine unbedarfte schöne Zeit!

Ich blieb circa zwei Stunden. Es war 15 Uhr, als ich das Kino verließ und blinzelnd ins Tageslicht trat. Die Sonne schien und ich hatte noch drei Stunden Zeit, bis ich Margreth abholte. Ich schaute in die Gesichter der Menschen, die sich auf dem Kopstadtplatz bewegten, um darin zu erkennen, ob in der Zwischenzeit eine Atombombe geworfen worden war. Die Menschen sahen aus wie immer.

»He, mach dir keine Sorgen. Was war denn heute Morgen in der Kirche?«

Ich holte mir das angstfreie Gefühl zurück, dass nichts passieren würde. Zumindest nicht vor Montag.

Ich ging ins Textilhaus Overbeck und lief einfach nur rum, ohne mich wirklich für irgendwas zu interessieren.

In der Herrenabteilung kam eine Verkäuferin auf mich zu. *»Kann ich Ihnen helfen?«*

Ich wurde gesiezt, das registrierte ich. Sie lächelte mich freundlich an. Nett war sie. So um die zweiundzwanzig, schätzte ich. Ob sie wohl noch Jungfrau ist? Bestimmt nicht. Sie wird schon einen Freund haben. Na und? Margreth hat auch einen Freund und ist noch Jungfrau. Ja, aber nicht mehr lange. Morgen ist Sonntag. Morgen ist Sonntag. Dann sind wir im City-Hotel. Den ganzen Tag. Ich hatte Lust, die Verkäuferin zu fragen, ob sie einen Freund hat. Ob sie noch Jungfrau ist. Ob sie Angst vor einem Atomkrieg hat. Wann für sie das erste Mal war und ob es für sie schön war.

»*Nein danke, ich guck nur mal.*«

Sie lächelt und zieht sich zurück. Ich schlendere einfach durch die Abteilung und gehe dann hinaus. Die Viehofer Straße, in der das City-Hotel liegt, verläuft auf der Rückseite des Kaufhauses. Dorthin zieht es mich. Von Weitem sehe ich die Leuchtschrift »City-Hotel«. Jetzt natürlich nicht beleuchtet.

»*Hallo City-Hotel, morgen kommen wir. Margreth und ich. Freu dich schon mal auf uns.*«

Auf der gegenüberliegenden Seite bleibe ich stehen und schaue mir die Fensterfront an. Hinter welchem Fenster werden wir morgen sein? Hinter dem da, das offen ist? Ich spüre, wie mein Herz schlägt. Margreth. Morgen werden wir hier ein richtiges Paar sein.

Ein Paar tritt heraus. Ob die wohl verheiratet sind? Bestimmt sind sie über dreißig. Und sie haken sich nicht ein. Ich schaue ihnen nach, wie sie die Viehofer Richtung Kettwiger gehen. Er zwei Meter vorweg. Bestimmt kein Liebespaar mehr. Schade. Ich würde nie zwei Meter vorweggehen. Margreth halte ich immer an der Hand. Oder um die Hüfte. Oder um die Schulter. Ich sehe ihr lachendes Gesicht vor mir. Die Schmetterlingsbrille. Und plötzlich riecht die ganze Straße nach Friseursalon.

Soll ich ins Hotel reingehen? Nee, besser nicht, sonst erkennen die dich morgen.

Bis zum Eingang traue ich mich. Die Tür geht auf und ich werfe schnell einen Blick hinein. Der Mann, der heraustritt, hält mir die Tür auf, weil er der Meinung ist, ich wolle hinein.

Nein. Heute noch nicht. Erst morgen.

Ich drehe mich um und gehe Richtung Hauptbahnhof. Ob Änneken meinen Geheimsafe wohl gefunden hat? Bestimmt.

Aber zum Glück ist er ja verschlossen

und ich habe den Schlüssel. Ich hole meine Geldbörse hervor und schaue hinein. Der Schlüssel ist nicht drin. Ich bekomme eine Hitzewelle. Wo hab ich den Schlüssel? Er muss in meiner schwarzen Cordhose sein, die auf dem Bett liegt.

Na ja, Änneken wird ihn da schon nicht finden, obwohl, sie räumt immer meine Taschen leer.

Für so etwas hat sie einen Riecher. So wie mit dem Rauchen im Kohlenkeller. Wenn ich daran denke, weiß ich nicht, ob ich lachen oder heulen soll. Na ja, heute kann ich darüber lachen.

Ich war damals fünfzehn. Helmut, mein Schulfreund aus der gleichen Straße, und ich wollten uns an einem Samstag in Altenessen, einem Stadtteil im Norden von Essen, einen Film ansehen, der im Kolpinghaus gezeigt wurde. Wir waren zu Fuß unterwegs. Laufzeit so eine Stunde. Da uns langweilig war, kauften wir uns eine Schachtel »Rote Hand« mit fünf Zigaretten drin. Jeder paffte eine.

Meine erste Zigarette überhaupt. Es passierte nichts Besonderes. Schlecht wurde mir auch nicht, ich machte ja auch nur »Pustebäckchen«. Wir rauchten also jeder nur eine Zigarette, die restlichen drei wanderten in meine Hosentasche, wo sie auch auf dem Rückweg blieben.

Der Film, den wir uns ansahen, hieß »Der Arzt von Stalingrad«. Hat mich sehr bewegt. Gegen 19 Uhr waren wir wieder zu Hause. Mutter war allein. Papa war kegeln.

»Holst du noch bitte Kohlen hoch?«

Ich ging in den Keller, um Kohlen zu holen. Elektrisches Licht gab es da nicht. Es musste immer eine Kerze angesteckt werden. Beim Griff in die Hosentasche, um die Streichhölzer hervorzuholen, fielen mir die Zigaretten in die Hand. An die hatte ich gar nicht mehr gedacht. Ich nahm eine heraus und steckte sie an. Vier, fünf Züge machte ich nur und warf sie dann mit den anderen zwei Zigaretten in die Kohlentröte, um sie der Ofenbestattung zuzuführen.

Wieder in der Wohnung angekommen, stellte ich die Kohlentröte neben den Ofen, ging ins Bad, wusch mir die Hände und ging in die Küche, wo Änneken sich aufhielt.

»*Na, was gibt es denn Leckeres zum Abendbrot?*«

Statt einer Antwort zog Änneken die Nase hoch und schnupperte laut und vernehmlich.

»*Hast du geraucht?*«

»*Ich? Nee.*«

Änneken kam näher und schnupperte an meinem Hemd.

»*Du <u>hast</u> geraucht. Du riechst nach Zigarettenqualm.*«

Mist.

»*Quatsch, ich habe nicht geraucht. Das kommt wohl von der Kerze.*«

Mutter schien damit erst einmal zufrieden. Beim Ofenfüllen aber kamen die »Rote Hand«-Packung und die zwei Zigaretten zum Vorschein.

»*Du hast ja doch geraucht.*«

Leugnen war jetzt wohl aufgrund der eindeutigen Beweislage zwecklos.

»Ja, ich hab im Keller Zigaretten in der Hose gefunden und eine angesteckt. Nur zwei oder drei Züge, ehrlich! Die angebrochene Zigarette ist auch in der Tröte.«

War sie aber nicht mehr, sondern schon im Ofen. Doch Änneken gab sich damit zufrieden.

Kurz darauf kam Papa nach Hause. Ich liebte ihn über alles. Zu der Zeit mehr als Änneken, aber das ist eine andere Geschichte. Wir aßen zusammen Abendbrot. Brot, Marmelade und Lindes-Kaffee. Wurst gab es nicht so oft.

»Übrigens, Karl, dein Sohn raucht.«

Wieso dein Sohn, warum nicht unser? Na ja, ist für diese Geschichte und deren Ausgang auch nicht so wichtig.

»Stimmt das?« Vater schaute zu mir herüber. Er schien nicht böse oder überrascht.

»Nur ein paar Züge im Keller. Hatte noch eine Zigarette in der Tasche. Die hab ich

im Keller gefunden und ein bisschen angesteckt.«

»Und wo hast du die her?«

»Ich bin mit Helmut nach Altenessen gelaufen, um einen Film zu sehen. Unterwegs haben wir geholfen, ein Auto anzuschieben. Der Mann hat uns die Zigaretten geschenkt.«

Damit war das Thema erledigt. Ich ging zu Bett und meine Eltern gingen noch »vor die Tür«, wie sie sagten. Das hieß eine Spazierrunde durch den Nordpark, an dem wir wohnten. Ich war jedenfalls schon im Schlaf, als Vater in mein Zimmer trat und mich weckte.

»Woher hattet ihr die Zigaretten?«

Es muss wohl daran gelegen haben, dass ich noch nicht richtig wach war, als Vater mich ansprach, sonst hätte die veränderte Stimmlage meines Vaters mich hellhörig werden lassen, zumal ich für das Erkennen von Stimmungen damals schon sehr feinfühlig war.

»Vom Mann mit dem Auto.«

Ich hatte noch nicht ganz ausgesprochen, als ich schon meine Maulschelle weghatte.

»*So, so, vom Auto-Anschieben? Wir haben vorhin Helmut im Park getroffen, und der sagte, ihr habt sie euch gekauft. Stimmt das?*«

Heute Abend nicht die Wahrheit gesagt zu haben, war doof, und jetzt noch zu leugnen, wäre noch doofer gewesen. Ich versuchte es gar nicht erst.

»*Ja, stimmt. Ich wollte nur nicht sagen, dass wir dafür Geld ausgegeben haben.*«

Vater schaute mich an. Er schaute mich traurig an.

»*Ich bin von dir enttäuscht. Die Ohrfeige war nicht, weil du geraucht hast, sondern weil du uns belogen hast.*«

Damit drehte sich Vater um und verließ mein Zimmer. Ich lag im Bett wie, wie … ich weiß nicht mehr wie. Aber ich weiß noch, dass ich noch nie in meinem Leben so hemmungslos geweint habe. Nicht wegen der Ohrfeige. Die spürte ich gar nicht. Nein, wegen des Gesichtsausdrucks meines Papas. Weil ich ihn, meinen Papa, den ich über alles liebte, so enttäuscht hatte. Angelogen hatte. Den Papa, der mir sein letztes Geld gab und selbst nicht zum Kegeln gehen konnte, nur damit ich mit Freunden ins Kino gehen konnte. Und den hatte ich angelogen.

Ich weiß nicht, wie lange ich unter meiner Bettdecke lag und weinte. Auch beim Schreiben dieser Erinnerung konnte ich meine Tränen nicht zurückhalten, so tief hat sich dieses Erlebnis in meine Seele eingebrannt. Irgendwann schlief ich ein.

Ob meine Eltern das Weinen mitbekommen hatten, habe ich nie erfahren. Was ich aber erfahren habe, war, dass Papa wohl auch geweint hat. Nicht meinetwegen, sondern weil er mich geschlagen hatte. Es war das einzige Mal in seinem Leben, dass er mich schlug, obwohl ich es gar nicht als Schlagen empfunden hatte.

Dann kam der Sonntagmorgen und ich schlich »bedröppelt« in die Küche. Die

Stimmung war wie immer am Sonntagmorgen. Von böse keine Spur.

Nach dem Frühstück ging Papa zum »Altenbergshof«, der Sportanlage, um bis zum Mittagessen Fußball oder Handball zu gucken.

»Kommst du mit?«

»Ja.«

Und wir gingen los.

»Tut mir leid wegen der Ohrfeige. Kommt nicht wieder vor.«

»Ich lüge dich auch nicht mehr an, bestimmt!«

Papa legte seinen Arm auf meine Schulter, ich meinen um seine Hüfte, und so gingen wir zum Sportplatz. Beide hielten wir uns an unser Versprechen von 1958.

Diese Episode ging mir durch den Kopf, als ich in Richtung Hauptbahnhof lief. Warum? Keine Ahnung. Ich war, bis auf eine kurze Pfeifenphase, Nichtraucher. Ich schlenderte die Kettwiger hoch.

Kondome. Ich hatte immer noch keine Kondome. Musste ich nicht lange überlegen, wo ich welche herbekam.

Natürlich am Automaten in einer Kneipe. Ich überlegte, welche Kneipe wohl Kondomautomaten hatte. Ich war kein Kneipengänger, deshalb musste ich tatsächlich überlegen. Die Bonbonniere, die hatte einen. War aber noch zu, öffnete erst ab 20 Uhr.

In der Bahnhofstoilette hängt ein Automat. Ich komme ja eh da vorbei. Ich schaute ins Portemonnaie und fand ein Markstück.

Drei Stück gab es dafür. Ich zog Blausiegel Marke »gefühlsecht«. Natürlich hatte ich gewartet, bis ich allein im WC war. Endlich hatte ich sie in der Hand. Ich war erleichtert und fühlte mich, als hätte ich gerade erfolgreich eine Bank ausgeraubt. Meine ersten selbst gezogenen Kondome. Meine Güte, war das Leben spannend! »Gefühlsecht« – was heißt das eigentlich? Meine Gefühle zu

Margreth waren echt, auch ohne Kondom.

Es war mittlerweile fünf Uhr. Noch eine Stunde, bis Margreth Feierabend hatte. Ich beschloss zu laufen. Die Rüttenscheider hoch, am Saalbau und Stadtgarten vorbei, schlenderte ich gen Süden. Noch mal kam die Episode mit den Zigaretten hoch. Dabei musste ich auch an die Geschichte denken, die mir Mutter vor vielen Jahren erzählt hatte und die mit dazu beitrug, dass ich Nichtraucher blieb.

Es war in der Kriegszeit. Papa war in Russland an der Front. Ich bin übrigens ein Fronturlaubskind. Mutter wollte ein zweites Kind, denn sie wusste ja nicht, ob ihr Mann wiederkehrte oder für Volk und Vaterland den Heldentod starb. Und Mutter wünschte sich ein Mädchen. Eine Inge.

Lebensmittel gab es nur auf Lebensmittelkarten. An der Front bekam Papa immer seine Ration Zigaretten. Die hat er gesammelt und nach Hause geschickt.

Eine der besten Währungen zur damaligen Zeit.

Änneken hat die Zigaretten gegen Lebensmittel und Lebensmittelmarken eingetauscht. Dafür erwarb sie für uns Kinder Milch und andere Lebensmittel.

Bei anderen war es wohl umgekehrt. Der Satz meiner Mutter: »*Selbst Frauen mit Kleinkindern haben ihre Milchmarken gegen Zigaretten eingetauscht*«, hat sich unauslöschlich bei mir eingeprägt. Mich schaudert heute noch bei diesem Satz.

Kurz nach sechs war ich am Geschäft. Margreth stand schon draußen und kam mir entgegen. Sie sah einfach klasse aus. Das Haar wieder hochgesteckt. Eine karierte Hose und dunkle Jacke an. Wir nahmen uns in den Arm und blieben regungslos stehen – zehn Sekunden, zwanzig, sechzig, keine Ahnung. Nichts war da. Nur wir.

»*Musst du nach Hause?*«

»*Nein, ich habe Bescheid gesagt, dass es spä-*

ter wird. Und was hast du den Tag gemacht? Kommst du jetzt von zu Hause?«

Ich schüttelte den Kopf.

»*Stadtgarten?*«

»*Gern.*«

»*Laufen?*«

»*Ja.*«

Schweigend liefen wir Hand in Hand.

Erst als wir den Stadtgarten erreicht hatten, kam: »*Woran denkst du?*«

Margreth stellte die Frage. Heute ist diese Frage bei den ach so starken Männern und Frauen verpönt, zu einer Kontrollfrage mutiert. Damals aber steckte nur Anteilnahme und Liebe darin.

»*Gulasch.*« Das sagte ich immer, wenn so viele Gedanken gleichzeitig unterwegs waren.

»*Erzähl.*« Liebevoll und zärtlich kam es bei mir an.

Ich atmete vernehmbar und laut durch.

»*So schwer?*«

»*Ich dachte an dich, an morgen, an Kuba, an Karl und Änne. Gulasch halt.*«

Ich nahm sie in den Arm.
»Und wo warst du auf dem Weg hierher?«
»Bei dir und morgen.«

Nach einer kleinen Pause: *»Ich liebe dich, ich freue mich und ich habe Angst.«*

Ich wollte sagen: *»Du brauchst doch keine Angst zu haben«*, als mir bewusst wurde, dass ich selbst Angst hatte, oder war es nur Aufgeregtheit? Angst oder Aufgeregtheit, was machte es schon aus? Es ist für uns beide »Hochzeitsnacht«, und das mitten am Tag. Angst hatte ich vor dem Betreten des Hotels, oder zumindest Beklemmungen.

»Ich habe auch ein bisschen Angst. Ich liebe dich.«

Zärtlich drückte ich sie.
»Komm, wir gehen zu den Schwänen.«

Schwäne übten immer eine Faszination auf mich aus. Schwäne und Eulen. Wir erreichten eng umschlungen unsere Bank am Teich. Wir waren allein.

»Schwäne bleiben ein Leben lang treu.«

Schweigen.

»Bleibst du mir auch treu?«

Margreth drehte sich zur Seite, sodass sie mich ansehen konnte.

»Wenn du morgen von einem hässlichen Entlein zu einem schönen Schwan wirst, dann bleibe ich dir auch treu.«

Was als Scherz gedacht war, wurde zum »Rohrkrepierer«. Tränen traten in ihre Augen. Margreth weinte. Mann, war ich ein Depp.

»Liebling, es war doch nur Spaß. Entschuldige. Ich liebe, liebe, liebe dich doch.«

»Das weiß ich, aber trotzdem. Bitte küss mich.«

Und wir küssten uns. Nein, es war viel mehr als ein Kuss. Wir tauschten uns aus. Zwei Seelen reichten sich die Hand. Zwei junge Menschen standen vor dem schönsten Tag ihres bisherigen Lebens. Voller Ängste, Träume, Liebe, Hoffnungen, Begehren.

Kuba gab es in diesem Moment nicht. Es gab nur uns. Und dann weinten wir beide. Zusammen und doch jeder für sich.

Alles schien sich aufzulösen. Als wir wieder hochblickten, standen die beiden Teichschwäne vor unserer Bank. Wir schauten sie nur an. Beide zusammen und doch jeder für sich.

Und dann gingen sie weiter. Nebeneinander. Liebevoll und harmonisch sah es aus.

Welche Botschaft brachten sie? Habt keine Angst? Ihr gehört für immer zusammen? Das Ende der Welt steht bevor? Es durchzuckte mich wie ein Blitz. Kuba.

»*Was ist mit dir?*«

»*Vielleicht schaffen wir das gar nicht mehr bis morgen. Es steht kurz vor einem Atomkrieg. Die Amerikaner geben nicht nach. Hab ich aus dem Radio.*«

»*Schatz, wir können es nicht ändern.*«

Ich war überrascht. Es klang so sachlich.

»*Hast du keine Angst? Ist dir das egal?*«

»*Doch, ich habe Angst. Aber ändert das etwas? Wir können nichts tun, außer beten.*«

Es trat eine Stille ein. Die Nebel verzogen sich. Alles wurde wieder real, sichtbar, schwer, irdisch.

»Dann lass uns doch zusammen beten.«

Ich dachte an den Morgen in der Kreuzeskirche. An die innere Stimme, die mir Trost und Sicherheit gab und mir sagte: *»Alles wird gut.«*

Mittlerweile war die zweite Bank am Teich von einem anderen Pärchen besetzt.

Ob sie wohl auch Angst vor einem Atomkrieg hatten? Ich war geneigt, hinüberzugehen und sie zu fragen, was ich natürlich nicht tat. Interessieren tat es mich jedoch schon.

»Schwan müsste man sein«, sagte ich zu Margreth.

»Warum? Wegen der Treue?«

»Nein, nicht wegen der Treue. Wegen Kuba. Was weiß ein Schwan schon von Kuba? Von Atombedrohung? Von Angst. Sie leben und lieben einfach nur und sind glücklich.«

Stille.

»Ich war heute Morgen wieder in der Kreu-

zeskirche und habe gebetet. Ein Gefühl hatte ich, das alles gut wird und ich, wir, keine Angst zu haben brauchen.«

»*Schön.*«

Was folgte, war ein erotischer Kuss.

»*Hast du den Picknickkorb schon gepackt?*«

»*Gepackt nicht, aber alles eingekauft. So viel ist es ja auch nicht. Und du, Kondome besorgt?*«

»*Ja, ja.*«

»*Duuuu, du hast noch nicht, stimmt's?*«

»*Doch, ich hab. In der Bahnhofstoilette. Drei Stück. Reicht das? – Duuu.*« Ich druckste rum.

»*Ja?*«

»*Ach nichts.*«

Es war mir peinlich. Sollte ich es sagen? Na klar. Sag es. Margreth wird doch morgen deine Frau.

»*Schatz, was wolltest du mir sagen?*«

Na gut, dann sag ich es halt.

»*Aber nicht lachen.*«

»*Nein, ich lach schon nicht.*«

»*Aber du lachst ja schon jetzt.*«

»*Aber nur, weil du so ein komisches Gesicht machst. Und ich lache nicht, ich grinse nur.*«
»*Das ist das Gleiche.*«
»*Ist es nicht. Nun erzähl schon!*«
Ich nahm noch einmal Anlauf.
»*Hilfst du mir?*«
Ich schaute Margreth nicht an.
»*Wobei?*« Dabei drehte sie den Kopf zu mir. Ob sie es ahnte?
»*Du weißt doch, ich war noch nie mit einer Frau zusammen.*«
Pause.
»*Hilfst du mir, deine Öffnung zu finden?*«
Nun war es raus. Ich war, trotz Versprechen, nicht zu lachen, auf den großen Lacher vorbereitet, doch der blieb aus. Stattdessen nahm sie mich in den Arm.
»*Du Dummer. Das kriegen wir schon hin, gelle? Im Übrigen hatten wir schon einmal darüber gesprochen.*«
Ich stutzte und zog ein Gesicht.
»*Ehrlich? Wann denn?*«
»*An dem Tag, als wir bei Bauer Barkhof waren. Du lieber Dummer, du.*«

Ganz zärtlich klang es.
»*Ich liebe dich.*«
»*Ich liebe dich.*«
»*Die Schwäne sind wieder da.*«
Tatsächlich, da kamen sie angewatschelt. Vor dem Teich blieben sie stehen und schauten zu uns rüber. Meine Güte, sind die schön!
»*Welches ist wohl das Männchen?*«
Ich versuchte, es anhand der Größe zu unterscheiden.
»*Keine Ahnung. Ich glaub, der Rechte.*«
»*Warum?*«
»*Der Linke guckt so frech, das muss das Weibchen sein.*«
»*Duuuu, noch so ein frecher Satz, dann …*«
»*Dann was?*«, unterbrach ich Margreth und versuchte, ein strenges, herausforderndes Gesicht zu machen.
»*Dann werde ich mich morgen sekundenlang verweigern.*«
»*Ha, und du, und du, du wirst morgen Nacht als Jungfrau weiterschlafen.*«
Wir schauten uns an und umarmten uns.

»Ich liebe dich.«
»Ich liebe dich.«
»Sag: Für immer.«
»Für immer und drei Tage.«

Mir fiel auf, dass das ein Satz von Oma Hedwig war. Oma. Liebe Oma. Wo bist du jetzt wohl? Ganz präsent war sie in diesem Moment.

»Woran denkst du?«
»Ich war gerade bei meiner Oma, Ännes Mama. Eine ganz Liebe. Die sagte auch immer: Ewig und drei Tage.«

Wir hielten unsere Hände und sahen zu den Schwänen hinüber, die wieder im Teich schwammen. Ich musste ganz tief und geräuschvoll ein- und ausatmen.

»Hast du es schwer?«
»Geht so. Was wiegst du eigentlich?«
»Warum willst du das wissen?«
»Na, damit ich weiß, wie schwer ich es habe.«

Wir lachten. Ein Lachen, wie es nur Verliebte können. Trotz Kuba, unbeschwert, voller Leben und Liebe. Könnte ich eigentlich heute noch so lachen?

»*Wo wollen wir beten?*«

Ganz unverhofft kam die Frage von Margreth.

»*In der Kirche?*«

»*Ich glaub nicht, dass die am Abend geöffnet ist.*«

»*Stimmt. Wie spät ist es denn?*«

»*Gleich acht Uhr.*«

»*Zwanzig Uhr.*«

Margreth streckte mir die Zunge raus. Ich tat das Gleiche und wackelte dabei mit dem Kopf von links nach rechts. Kinder. Große Kinder.

Wir waren beide eine Zeit lang ruhig. Mittlerweile war es doch recht kühl geworden.

»*Komm, wir gehen.*«

Ich nahm Margreths Hand, wir standen auf und gingen los.

Nach einer Weile, als wir den Stadtgarten schon fast verlassen hatten: »*Wohin gehen wir eigentlich?*«

»*Beten.*«

»*Und wo?*«

»Dort, wo wir allein sind.«

Es kam spontan, ohne nachzudenken. Ich blieb stehen und nahm Margreth in den Arm. Unsere Köpfe ruhten jeweils auf den Schultern. Ich roch ihr Haar, ihre Haut.

»Komm, wir gehen zur Isenburgruine.«

Die Isenburgruine lag im Stadtwald auf einem Hügel, im Süden der Stadt. Margreth sagte nichts. Die Luft erschien mir unheilschwanger. Ich weiß nicht, ob ich die richtigen Worte fand.

»Ich würde gern Kerzen mitnehmen. Weißt du, wo wir welche herbekommen?«

Nach einer Weile: *»Im Geschäft haben wir Kerzen.«*

Wir liefen Händchen haltend zum Geschäft von Margaret. Sie ging kurz hinein.

»Ich habe fünf Teelichter, ein Wasserglas, Streichhölzer und … na, was wohl sonst noch?«

Eine Hand hielt sie auf den Rücken.

Ich schaute Margreth zärtlich an. Fragend legte ich den Kopf zur Seite.

»*Eine Flasche Piccolo.*«

Wie eine Jagdtrophäe hielt sie die kleine Sektflasche hoch.

»*Vergiss nicht abzuschließen.*«

Wir fuhren mit der Straßenbahn bis zum Stadtwaldplatz. Es war 21 Uhr, als wir ausstiegen. Die Fahrt verlief schweigend und fest umschlungen. Den Weg zur Ruine kannte ich zur Genüge. Meine übliche Joggingstrecke führte daran vorbei. Es war schon dunkel, als wir durch den Wald zur Burgruine gingen. Die Lichtung tat sich auf und wir sahen schemenhaft die Umrisse der Ruine, die sich durch das Licht des Vollmonds abzeichnete.

Hoffentlich sind wir allein.

Wir waren es. In der Mitte der Lichtung nahmen wir uns in den Arm und blieben eine lange Zeit so stehen. Ganz still war es. Ab und zu hörten wir ein Käuzchen rufen und Fledermäuse flogen mit ihren zackigen Flugbewegungen über uns hinweg.

Die Zeit schien stillzustehen.

Wir gingen zur Ruine und setzten uns auf eine verbliebene Treppenstufe. Margreth holte Teelichter, Glas, Streichhölzer und Piccoloflasche aus ihrer Tasche und stellte alles auf der Treppe ab. Es war windstill. Ich zündete ein Teelicht an und stellte es ins Glas.

»Glaubst du an Gott?«, fragte Margreth. Es waren die ersten Worte, die hier fielen.

»Ja, und du?«

»Ich auch.«

Obwohl wir das voneinander wussten, fragten wir uns das. Es war das gleiche Fragen wie: Liebst du mich? Wir flüsterten fast, obwohl wir doch hier allein waren. Es war eine Stimmung und Atmosphäre, die schwer zu beschreiben ist. Leicht und schwer zugleich. Das Teelicht warf ein unwirkliches Licht flackernd auf uns und in die Ruinennische, in der wir saßen. Wir hielten uns an den Händen.

»Betest du?«

»Lass uns zusammen beten. Ich fange an und du betest dann weiter, ja?«

Ich sah, dass Margreth nickte, und gab ihr einen Kuss auf die Stirn.

»Ich hab dich ganz, ganz lieb. Ich lass dich nie mehr allein.«

Sie drückte ganz fest meine Hand und legte ihren Kopf auf meine Schulter. Ich wollte mit dem Beten anfangen, merkte aber, dass Margreth weinte. Auch ich hatte einen dicken Kloß im Hals. Statt zu beten streichelte ich Margreth übers Haar, so lange, bis die Tränen versiegt waren und der Kloß in meinem Hals sich aufgelöst hatte. Ich betete, ohne ihre Hand loszulassen. Lange hatte ich nicht mehr so innig gebetet, mit Ausnahme in der Kreuzeskirche am Morgen.

»Lieber Gott, du hast uns erschaffen. Uns und alle Menschen hier auf Erden. Lass es nicht zu, dass ein Atomkrieg ausbricht. Gib, dass Kennedy und Chruschtschow vernünftig werden.«

Ich drückte Margreths Hand zum Zeichen, dass sie nun dran sei.

»*Lieber Gott, auch ich bitte dich, gib uns Frieden. Nicht nur für mich und Dieter bitte ich. Ich bete für die ganze Welt. Wir lieben uns doch so und wollen glücklich sein. Ganz viele Menschen wollen glücklich sein. Alle Menschen wollen glücklich sein.*«

Händedruck. Ich schluckte mehrmals, so wie jetzt beim Schreiben.

»*Ich weiß, lieber Gott, dass wir Menschen jeden Tag vieles falsch machen, aber du doch nicht. Du kannst alles. Schick die Russen wieder nach Hause. Bitte. Hiroshima und Nagasaki sind doch genug Strafe für die Menschheit.*«

Eine Eule flog lautlos über uns hinweg. Ich nehme an, dass es eine Eule war, denn der Vogel war groß.

»*Zusammen*«, flüsterte ich.

»*Vater unser, der du bist im Himmel, geheiligt werde dein Name, dein Reich komme, dein Wille geschehe, wie im Himmel, also auch auf Erden. Unser tägliches Brot gib uns heute und vergib uns unsere Schuld, wie auch wir vergeben unseren Schuldigern. Und führe uns nicht *in Versuchung, sondern erlöse uns von dem Bösen, denn dein ist das Reich und die Kraft und die Herrlichkeit in Ewigkeit. Amen.«*

Noch niemals hatte ich das Vaterunser so tief empfunden gebetet. Im Konfirmandenunterricht und in der Kirche habe ich es immer nur runtergeleiert, weil ich wusste, dass danach Schluss war und wir rauskonnten. Dass uns Gott niemals in Versuchung führen würde, habe ich erst viele Jahre später herausgefunden. Das Vaterunser hatten wir stehend gebetet.

Wir weinten nun beide und schämten uns nicht.

»Glaubst du an Schutzengel?« Ich sprach als Erster wieder.

»Ja, ich glaube daran.« Ganz leise sprach Margreth.

»Lieber Schutzengel, kannst du auf mich aufpassen, sodass uns nichts passiert, wenigstens bis Montag?« Ich war es, der das sagte.

»Auch auf mich, lieber Schutzengel. Bis Montag und mein ganzes Leben, das ganz

lange gehen soll. Ich möchte auch noch ein Baby haben.«

Wieder hatten wir Wasser in den Augen. Wir setzten uns auf die Treppe und schauten in den Sternenhimmel. Das Teelicht brannte immer noch.

»Ist dir kalt?«

Margreth nickte.

Auch mir war kalt geworden. Wir packten alles zusammen und gingen über die Lichtung in den Wald. Erst als wir wieder an der Straßenbahnhaltestelle am Stadtwaldplatz standen, fiel es uns auf: Die Piccoloflasche stand ungeöffnet an der Burgruine. Hoffentlich findet sie ein Liebespaar, dachte ich.

Ich brachte Margreth nach Hause. Schweigend und Hand in Hand.

»Neun Uhr morgen an der Freiheit?«

»Ja.«

Welch ein Omen. An der Freiheit.

Der Samstag, der 27. Oktober, ging als »schwarzer Samstag« in die Krisengeschichtsbücher ein. Die USA führten am

Morgen einen interkontinentalen Raketentest durch, ohne die ExComm zu informieren. Der Beschuss eines russischen Atomboots zwingt es zum Auftauchen. Das U-Boot ist mit Atomraketen bestückt. Um Haaresbreite entgeht die Welt einem Atomkrieg. Drei Offiziere des U-Boots müssen einheitlich den Befehl dazu geben, um die Atomraketen zu zünden. Zwei Offiziere geben den Befehl, doch Wassili Alexandrowitsch Archipow, der dritte Offizier, weigert sich.

Ein U2-Aufklärungsflugzeug der USA wird über Kuba von einer russischen SA-2-Rakete abgeschossen. Der Pilot Rudolph Anderson verliert dabei sein Leben.

Die Welt rechnet jederzeit mit einem Gegenschlag.

Der Dritte Weltkrieg scheint nicht mehr aufzuhalten zu sein.

Kennedy verzichtet aber darauf und erklärt sich noch einmal zu Verhandlungen bereit. Er ist bereit, die Jupiter-Raketen aus der Türkei abzuziehen. Kennedy hält dieses Angebot jedoch geheim. Die Ex-Comm will Krieg.

Zwischen Bobby Kennedy und dem Sowjetbotschafter Dobrynin findet ein Geheimtreffen statt.

Woran mag es gelegen haben, dass dem Offizier Wassili Alexandrowitsch Archipow der Arm zum Abschuss der Atomrakete so schwer wurde? Weil zwei Verliebte beteten? Lange, lange lag ich wach im Bett, bis ich endlich einschlief.

Ich träumte von Margreth, von U-Booten, von Engeln, von hohen Bergen, von Bomben und riesigen Wellen, und dazwischen tauchte immer wieder ein weißes Pferd auf.

Kapitel 6 – Der Tag der Tage

Sonntag, 28. Oktober 1962

Ich werde Punkt sechs Uhr wach. Er ist da. Endlich! Der Tag der Tage. Es ist Sonntag! Unser Sonntag! Diese Uhrzeit des Wachwerdens sollte mich ein Leben lang begleiten. Wach wurde ich durch eine Riesenwelle, die mich greifen wollte, die mich auf dem Rücken eines weißen Pferdes jagte. Ob sie uns erreicht hätte, wenn ich nicht aufgewacht wäre? Wie auch immer, ich war froh, gerettet zu sein. Ganz langsam wurde mir bewusst, dass heute Sonntag ist. Nicht irgendein Sonntag, sondern *der* Sonntag. *Margreth.* Heute werden wir Mann und Frau.
Ich liebe dich. Ich liebe dich. Ich liebe dich.
Kuba! Wie ein Blitz fuhr es mir in den Körper. Ich saß aufrecht im Bett, aber nur ein paar Sekunden lang, dann stürzte ich zum Radio und schaltete ein, um die Nachrichten zu hören.

Bitte, bitte, nur noch heute stillhalten.

Das Radio vermeldet nichts Neues. Es berichtet nochmals von dem Angebot der Amerikaner, Raketen aus der Türkei abzuziehen, aber keine Nachricht von Entspannung. Ich gehe ins Badezimmer und wasche mich.

Nur noch ein paar Stunden. Margreth.

Gehe in mein Zimmer und ziehe mich an. Vorher überlegte ich, was wohl am besten aussieht, was macht mich am ältesten? Ich muss ja schließlich am Hotelempfang alt aussehen.

Bei dem Gedanken an die Rezeption bekomme ich Herzklopfen. Was sagt man da? Haben Sie ein Zimmer frei? Kann ich bitte ein Zimmer haben? Ich möchte mit Margreth schlafen, geht das hier bei Ihnen? Quatsch. Was kostet bei Ihnen ein Einzelzimmer?

Ich entscheide mich für eine schwarze Cordhose und ein schwarzes Cordhemd. Schwarz wirkt cool und macht alt.

Mutter kommt rein.

»Du bist ja schon so früh auf. Heute ist doch Sonntag.«

»Ich weiß.«

Ob Mutter mir etwas anmerkt? Aber sie war doch auch einmal jung. Wann hat sie wohl das erste Mal mit Papa geschlafen? Ich wusste vom Erzählen, dass Papa schon ganz früh um Mutter geworben hat. Fünfzehn war sie.

Ich hab ihn ab und an ein wenig geärgert: *»Aha, an Kinder hast du dich rangemacht. Du warst ja ein schlimmer Finger«*, oder so ähnlich. Bei Papa durfte ich das. Wir verstanden uns gut. Ich hielt auch immer zu ihm, wenn Änne und Karl sich wieder einmal zankten, und das kam leider sehr oft vor.

»Werd du Mokkasäugling erst einmal trocken hinter den Ohren«, pflegte er dann zu sagen.

Papa. Vierundneunzig Jahre alt wurde er. Er starb in meiner Wohnung, 2004. Ich durfte ihm zehn Jahre einen schönen Lebensabend bereiten. »Ich« ist nicht ganz richtig. Wir waren das. Silvia, meine dritte Frau (nochmals danke), Rina und Nathalie, ihre beiden Töchter, Johannes, mein Sohn, der ab 2001 bei mir lebte, Arthus, ein ganz toller Jagddackel, und natürlich »Schmuse-Suse«, meine Mischlingshündin. Mutter Belgische Schäferhündin und Vater Collie, kam 1992 als Welpe aus einem Tierheim als »Therapeutin« zu mir und wurde auch für meinen Vater zu einer. Papa liebte sie über alles, und er weinte bittere Tränen, als ich Susi nach einem Krach im Haus in einer neurotischen Anwandlung einmal nach Essen ins Tierheim brachte. Nach einer Nacht holte ich sie zurück.

Verzeihung, Papa. Verzeihung, Susi.

Susi ging vor einigen Tagen, am Donnerstag, dem 21. August 2008, in den Hundehimmel. Ob es ein Wiedersehen zwischen Papa und Susi gab? Halte ich für möglich.

»*Sag, warum so früh auf?*« Mutter ließ nicht locker.

»Haben heute einen Schwimmwettkampf.«
Reaktionsschnell war ich schon immer.
»Da hast du mir aber nichts von erzählt.«
»Meine ich aber doch. Na ja, jetzt weißt du es ja.«
»Kommst du frühstücken? Papa sitzt schon in der Küche.«

Vater war Frühaufsteher. Nach dem Frühstück ging er zur Sportanlage.

»Will mal gucken, wie die Krüppel wieder so spielen«, sagte er oft, wobei Krüppel nicht böse gemeint war.

Papa war wohl zu seiner Zeit auch ein guter Fußballspieler gewesen. »Rasensport Rotthausen« in Gelsenkirchen hieß sein Stammverein. Er hat mir oft erzählt, dass er als »Fußballprofi« Kohlen und Kartoffeln bekam. Damit gehörte er schon zu den Privilegierten und war ein Star in seinem Ort, eine lokale Größe. Für die Rotthausener war er »unser Kalli«!

Meine Güte, haben wir oft darüber gelacht, besonders wenn in der Zeitung stand, wie viel Geld welcher Fußballer bekam. Neidisch? Nein, neidisch war Papa nicht. »*Es waren halt andere Zeiten.*« Viel mehr sagte er dazu nie.

Ich aß nicht viel.

»*Soll ich dir ein Butterbrot zum Mitnehmen machen?*«

Ach lass mal, Margreth bringt Kartoffelsalat mit.

Diese Antwort konnte ich mir noch gerade eben verkneifen.

»*Vielleicht kommen wir nach dem Mittagessen mal ins Bad und gucken zu. Ist doch immer ganz schön in der Milchbar.*«

In dem neuen Essener Hauptbad gab es eine schöne Milchbar auf der Empore, wo Mutter ab und an auch beim Training zusah und eine Erdbeermilch trank.

»*Der Wettkampf findet in Duisburg statt, die haben ein neues Bad*«, beeilte ich mich zu sagen.

»*Ach so, dann geht es nicht.*«

Nee, Mutti, geht diesmal wirklich nicht. Aber ich bin gespannt auf das neue Becken.

»*Warum lachst du?*«

Tat ich das?

»*Ich freue mich nur. Wird bestimmt spannend.*«

Mutti, Mutti, wenn du wüsstest! Oder weiß sie es? Hat sie meinen Tresor geöffnet? Patentex gefunden? Den Schlüssel zum Safe hatte ich ja wirklich einmal im Zimmer liegen lassen.

Ich zog meinen Mantel an und wartete einen günstigen Moment ab, um meinen »Safe« zu öffnen und die Patentextube in die Innenseite meines Mantels zu stecken.

»*Ich gehe dann, tschüss.*«

Ich war an der Wohnungstür, Klinke in der Hand.

»*Möchtest du dich nicht hier verabschieden?*«, fragte Änneken.

Ich ging noch einmal zurück. »*Macht's gut, ihr beiden. Zankt euch nicht.*«

Papa wollte wohl etwas sagen, unterließ es aber. Änneken drückte mich wie immer.

»*Ertrink nicht so oft.*« Typisch Papa.

Wieder war ich an der Wohnungstür. Mutter auch.

»*Wo ist denn deine Schwimmtasche?*«

Au Mann. Bekam ich einen roten Kopf? Keine Ahnung, aber eine »Hitzewelle« von mindestens 110 Grad im Schatten.

»*Steht noch im Zimmer. Hätte ich beinahe vergessen.*«

Änneken schaute seltsam, oder bildete ich mir das nur ein?

Tasche geschnappt, Handtuch und Badehose rein und ab durch die Mitte. Denkste.

»*Deine Butterbrote liegen noch hier.*«

Ach Änneken. Zurück und Brote holen. Änneken bekam noch einen Kuss auf die Wange und dann war ich wirklich weg.

7.30 Uhr. Und es war Sonntag. Es fielen noch keine Atombomben. Und ich war auf dem Weg zu Margreth. Und ich war auf dem Weg, meine Burschenschaft zu verlieren. Leben, ich komme! Danke, lieber Gott. Es war lauwarm draußen und es regnete nicht; und es roch gut. Der

Duft musste wohl vom Nordpark herübergeweht kommen.

Ich zog den Schal, den mir Änneken noch schnell um den Hals gelegt hatte, ein wenig fester um und beschloss, mit der Straßenbahn zum Hauptbahnhof zu fahren. Um neun Uhr wollten wir uns treffen.

Die Linie 2 kam. Ich stieg ein und blieb hinten auf dem Perron stehen. Es waren nicht viele Menschen drin. Wo die wohl am Sonntagmorgen hinfuhren?

Margreth. Gleich halte ich sie im Arm. Gleich sehe ich dich ohne etwas an. Gleich streichle ich dich. Gleich sind wir Mann und Frau.

Hoffentlich werde ich nicht impotent, ging es mir durch den Kopf. Hatte einmal irgendwo gelesen, dass ein Mann vor Aufregung keine Erektion bekommen kann. Nee, passiert mir schon nicht. Und dann, mit einem Schlag, wurde es mir wieder bewusst: Kuba!

Was wäre, wenn doch noch im letzten Moment Atombomben fielen?

Ich faltete automatisch die Hände und beschloss, am Viehofer Platz auszusteigen. Mein Ziel war noch einmal die Kreuzeskirche. Ich hatte ja Zeit.

Es war gerade Gottesdienst. Ich setzte mich in die letzte Bank. Die Menschen sangen. Sie sangen: »Großer Gott, wir loben dich, Herr, wir preisen deine Stärke. Vor dir neigt die Erde sich und bewundert deine Werke ...«

Es war wieder mein kirchliches Lieblingslied; das ist es bis heute. Ob Atombomben und Raketen auch deine Werke sind, oh Gott? Wurden sie gar in deinem Auftrag gebaut, um die Menschheit zu vernichten? Dieses Mal Atombomben statt Wasserfluten? Aber zum Zeichen des neuen Bundes und des Friedens zeigtest du uns doch den Regenbogen.

So hat es mir jedenfalls Pfarrer Schmidt im Konfirmandenunterricht erzählt. Stimmte das etwa nicht?

Herr, bitte lass es nicht zu. Jesus, bitte lass es nicht zu.

»*Lasset uns beten*«, hörte man die Stimme des Pfarrers.

Geräuschvoll standen alle auf und beteten. Ich auch.

»*Vater unser, der du bist im Himmel. Geheiligt werde dein Name …*«

Ein Gefühl der Sicherheit und der Gewissheit umgab mich. Wieder so wie bei meinem Kirchenbesuch am Donnerstag. Nein, nicht genauso. Noch sicherer und gefestigter als am Donnerstag.

Danke, Herr, uns wird nichts passieren. Es wird keinen Atomkrieg geben. Jedenfalls nicht heute. Und am Montag? Ach, Montag ist sooooooooo weit weg.

Es war halb neun. Ich ging einen Schritt schneller und am City-Hotel vorbei. Einige Fenster standen offen. Wir kommen gleich, mein liebes Hotel.

Die Innenstadt war nahezu menschenleer. Ich spürte den Druck der Patentextube auf meiner Brust und griff in die Manteltasche, um nach den Kondomen zu sehen. Keine da. Griff in die Hosentasche. Auch da nicht. Mist, habe sie in meiner anderen Jacke gelassen. Ob Änneken sie findet? Geht auch bestimmt ohne, haben ja Patentex.

Von Weitem sehe ich sie an der Haltestelle »Freiheit« stehen. Die Kapuze auf dem Kopf und eine große Tasche neben sich auf dem Boden. Wenn die voll Lebensmittel ist, können wir eine ganze Woche im Hotel bleiben.

Margreth hat mich nun auch gesehen. Sie lacht. Meine Güte, wie sie lacht! Ohne was zu sagen, nehmen wir uns in den Arm. Ohne zu küssen. Einfach nur in den Arm, stehen bleiben und feste drücken.

»*Muss Liebe schön sein!*«, rief uns jemand zu, der gerade in die Straßenbahn stieg.

»*Das Schönste kommt erst noch*«, flüsterte ich Margreth *zärtlich ins Ohr*.

»*Ja*«, kam es zärtlich zurück. – »*Liebst du mich?*«, zwei Sekunden später.

»*Ja, ich liebe, liebe, liebe dich.*« Dabei bog ich meinen Oberkörper zurück und schaute sie an. Sie sah so schön aus. Die schönste spitze Nase der Welt. Ich gab ihr einen Kuss darauf, um sie dann richtig zu küssen, so zu küssen, wie man halt kurz vor der »Hochzeitsnacht« küsst.

Wir fassten uns an der Hand und gingen schweigend los.

»Na, was hast du denn Schönes in deiner »Rotkäppchentasche?«

»Genug, um nicht zu verhungern. Lass dich überraschen. Hast du auch alles dabei? Patentex? Kondome?«

Ach herrje. Die Kondome. Hatte ich gar nicht mehr daran gedacht.

»Die Kondome habe ich zu Hause in meiner anderen Jacke.« Ich sagte es ein wenig zerknirscht. *»Brauchen wir die denn wirklich? Wir haben doch Patentex, und das ist ganz sicher.«*

Margreth blieb stehen und schaute mich merkwürdig an. So eine Mischung aus zärtlicher Oberlehrerin und verliebtem Teenie.

»Mein Schatz«, sie zog mich doch wahr-

haftig am Ohr, »*wir hatten Patentex und Kondome vereinbart. Ich will auf keinen Fall beim ersten Mal schwanger werden.*«

»*Wo ist der Unterschied, ob beim ersten Mal schwanger oder beim zweiten Mal?*«

»*Mein Schatz, ich will gar nicht schwanger werden, jedenfalls nicht, bis wir verheiratet sind. So, du Vater meiner zukünftigen Kinder, jetzt sei ein braver Junge und hole aus der Bahnhofstoilette Kondome. Da gibt's doch welche, oder?*«

Ein feuchter Schmatz und ich dackelte in Richtung Bahnhofstoilette. Natürlich gab es Kondomautomaten. Wie gehabt. Blausiegel. Gefühlsecht. Drei Stück eine Mark.

»*Haste?*«

»*Ja.*«

»*Zeigen!*«

»*Ja, wo sind sie denn gleich?*« Ich tat, als würde ich suchen. »*Ich glaub, ich hab sie verloren.*«

»*Du Schuft. Ich liebe dich.*«

Wir nahmen uns in den Arm und vergaßen alles um uns herum, Kondome, Kuba, Atombomben. Es gab nur uns.

»*Du weinst?*«

Es kam keine Antwort. Die Frage hätte ich mir schenken können. Natürlich weinte sie. Ich küsste ihr die Tränen von der Wange. Salzig. Schön. Auch mir wurde so merkwürdig im Hals.

»*Ich liebe dich. Ich freue mich und ich habe Angst.*«

Ich schob die Kapuze zurück und strich ihr übers Haar.

»*Ich habe auch ein bisschen Angst.*«

Wir nahmen uns an der Hand und gingen schweigend los. Meine Hand lag um ihre Hüfte. Ich spürte sie. Spürte den Ansatz ihres Pos, den ich gleich sehen und streicheln durfte.

Ich streichelte ihn zärtlich nun jetzt schon einmal über dem Rock. Margreth ließ es geschehen.

»*Kannst du nicht mehr abwarten?*« Es klang zärtlich.

Ich antwortete nicht, sondern strich zärtlich noch einmal darüber.

»*Freust du dich auch?*« Doofe Frage von mir.

»*Was glaubst du denn?*«

»*Ja. Ich habe auch von dir geträumt.*«

»*Wie machen wir das denn gleich?*« Margreth ging zum praktischen Teil über.

»*Also. Ich ziehe dich aus und …*«

Weiter kam ich nicht. Ihr gefürchteter, ansatzlos ausgeführter Rippenstoß beendete den kläglichen Versuch einer witzigen Antwort.

»*Ich meine gleich beim Hotel. Wer geht zuerst rein? Wir können doch nicht zusammen knutschend dort reingehen und sagen: Wir hätten gern zwei Einzelzimmer, denn wir sind noch nicht verheiratet.*«

Ich musste lachen. Ich musste so was von lachen, dass mir die Tränen die Wangen runterrollten, als ich mir das vorstellte. Margreth lachte auch. Wahrscheinlich noch lauter als ich. Ich weiß es nicht mehr. Leben, wir kommen!

»*Wo du Recht hast, hast du Recht. Daran habe ich natürlich auch schon gedacht. Also, ich gehe zuerst hinein und nehme ein Zimmer mit*

Fenster zur Viehofer. Dann sage ich dir aus dem Fenster meine Zimmernummer. Eine halbe Stunde später gehst du hinein und nimmst dir auch ein Zimmer. Und dann sind wir zusammen.«

Ich schaute Margreth ob meines hervorragend ausgeklügelten Schlachtplans beifallheischend an. Sie wollte gerade antworten, als ich fortfuhr: *»Nur eines darfst du natürlich nicht machen.«*

»Was denn nicht?«

»Fragen: Ist Herr Grabowski schon da?«

Margreths rechter Ellenbogen fuhr heraus, aber dieses Mal war ich darauf vorbereitet und der Stoß ging ins Leere.

»Einverstanden?«

»Ja, so machen wir das.«

Schweigend gingen wir die Kettwiger weiter.

»Woran denkst du?« Margreth unterbrach das Schweigen. *»An Kuba?«*

»Nein. Vor Montag passiert da nichts. Vor Kuba habe ich keine Angst mehr.«

»Und woran hast du gedacht?« Margreth ließ selten locker.

»Dass ich gleich weiß, ob deine Haarfarbe echt ist.«

Mit einem Ruck blieb Margreth stehen und schaute mich entsetzt an. *»Du willst gucken?«*

Ich merkte, dass ihr Entsetzen echt war, und nahm sie liebevoll in den Arm. Natürlich hatten wir uns vorher liebkost, gestreichelt, Petting gehabt, aber uns noch nie ganz betrachten können. Wo denn auch? Wir waren ja immer nur draußen, im Wald, Park oder Stadtgarten.

»Meine kleine, süße, dumme Frau. So ganz ohne Gucken geht's doch nicht. Soll ich den ganzen Tag eine Binde vor den Augen haben? Und du? Schließt du auch den ganzen Tag die Augen? Wir lieben uns doch und werden Mann und Frau.«

Ich spürte, wie Margreth sich entspannte. Ich spürte ihren Körper, ihre Hüften und Lenden, und ich spürte, dass ich keine Angst vor Impotenz zu haben brauchte, zumindest nicht hier auf der Straße.

»*Aber nur, wenn ich das will.*«

Statt einer Antwort gab ich ihr einen Kuss.

Eine Hand jeweils um die Hüfte des anderen, in der anderen Hand unsere »Picknicktaschen«, gingen wir weiter. Von Weitem sah ich die Neonreklame »City-Hotel«. Ich merkte, wie mein Puls stieg.

»*Aufgeregt?*« Ich schaute Margreth an. Sie nickte. »*Liebst du mich?*«

»*Ich liebe dich.*«

»*Für immer?*«

»*Für immer.*«

»*Schwöre.*«

Wer hätte jetzt nicht geschworen? Natürlich schwor ich.

»*Ich liebe dich für immer. Jetzt, morgen, immer.*« Das meinte ich todernst.

Nie wieder habe ich bis heute die Worte »für immer« in solch einem Zusammenhang benutzt. Wir lagen uns in den Armen. Die Taschen standen auf dem Boden.

Etwa fünfzig Meter vor dem City-Hotel blieben wir stehen.

»*Ich gehe jetzt besser allein weiter. Nicht, dass uns jemand vom Hotel aus zusammen sieht.*«

Wir drückten und küssten uns ganz lange, als ob wir uns für lange Zeit verlassen würden, ich in den Krieg ziehen würde.

»*Ich liebe dich.*«

»*Ich liebe dich.*«

Ich nahm meine Tasche und ging los. Gegenüber dem Hotel blieb ich stehen. Ich schlug den Kragen meines Mantels hoch und betrachtete mich im Schaufenster des Radiogeschäfts. Älter ging nicht. Mein Herz schlug. Ich drehte mich noch einmal in Richtung Margreth hin, jedoch ohne zu winken. Margreth. Gleich sind wir Mann und Frau.

Noch ein kurzes »Lieber Gott« und ich ging in Richtung Paradies und Hölle zugleich. Mein Herz schlug bis zum Hals. Die oder der im Hotel hört das bestimmt.

Ich öffnete die Tür und trat todesmutig ein. Niemand da. Das tat gut.

Der Empfang bestand aus einer kleinen Theke. Die Zimmerschlüssel hingen an einer dunklen Holzwand. Gegenüber auf der rechten Seite stand ein kleiner Nierentisch mit zwei Cocktailsesseln.

Ein großes gerahmtes Poster einer Berglandschaft versuchte Atmosphäre zu vermitteln. Auf der Theke stand eine silberne Schelle zum Läuten. Ich zögerte.

Da schrillte das Telefon und ich zuckte zusammen, als wäre ich beim Mopsen erwischt worden.

Dann kam »Madame Medusa«, so nannte ich die Frau, die ich beim ersten Reingucken gesehen hatte, hereingerauscht. Ob sie mich erkannte? Bestimmt nicht.

Sie lächelte mir freundlich zu. *»Einen Moment bitte.«*

Ich lächelte weltmännisch zurück. Das Blut in meinen Ohren rauschte. Hoffentlich dauerte das Gespräch etwas länger. Tat es aber nicht.

»So, jetzt bin ich für Sie da.«

Sie lächelte bestimmt bloß, um mich in Sicherheit zu wiegen. Wahrscheinlich dachte sie: Ach sieh mal an, da ist ja das Bürschchen von neulich. Will wohl ein Zimmer haben, um mit seiner Perle hier rumzumachen. Und Perle steht draußen und kommt gleich nach.

»Haben Sie ein Zimmer frei?« Von ganz weit her vernahm ich meine Stimme.

»Ja. Für wie lange denn?«

»Bis heut ... bis morgen. Bin auf Besuch.«

So, das war raus. Ich hörte schon die Antwort: So, so, auf Besuch? Bis morgen? Na so was. Und du glaubst, Madame Medusa glaubt dir das?

»Zwölf Mark die Nacht, inklusive Frühstück. Wollen Sie das Zimmer vorher sehen?«

»Nein, nicht nötig. Ist doch schön hier.«

Was redest du für einen Stuss, Alter?

»Es muss allerdings im Voraus bezahlt werden. Anweisung vom Chef. Sind schon einige ohne Bezahlung abgereist.«

Ich nickte verständnisvoll. Sie schob

mir einen Block hin. Anmeldung. Ach herrje, was ist das denn?

Beim Herausziehen meiner Geldbörse zog ich die Kondompackung mit, die zum Glück auf den Boden und nicht auf den Tresen fiel. Ich bückte mich hektisch und kam langsam wieder hoch. Eine Hitzewelle war ich, dagegen muss der Vesuv eine Gefrierbox gewesen sein.

Madame Medusa lächelte immer noch. *»Alles in Ordnung?«*

Wahrscheinlich machte sie sich Sorgen wegen meiner roten Birne und wollte den Mist nicht wegmachen, sollte sie platzten.

Ich nickte und holte 12 DM aus meiner Geldbörse.

Quittung bekam ich keine, fragte aber auch nicht danach.

»Zimmer 13, im ersten Stock.« Sie reichte mir den Schlüssel. *»Der Aufgang ist geradeaus und dann rechts die Treppe hoch.«*

Ich nahm Schlüssel und Tasche, setzte meinen Gary-Cooper-Gang auf und marschierte los.

Das Zimmer fand ich sofort. Nr. 13. Eine Glückszahl? Wir werden sehen. Sofort ging ich zum Fenster und öffnete. Margreth stand am Radiogeschäft und sah herauf. »*Nummer 13, erster Stock!*«, rief ich halblaut runter. Sie zuckte mit den Schultern. War wohl etwas zu leise. Noch einmal, nun lauter: »*Nummer 13, erster Stock!!!*« Sie nickte. Ich war erleichtert. Hoffentlich war das nicht zu laut und Madame Medusa hat das auch gehört.

Meine Sorge war unbegründet, niemand hatte etwas mitbekommen. Ich schloss das Fenster und sah mich um.

So sehen also Hotelzimmer aus. Ich war zum ersten Mal in einem Hotel. Bett mit Holzkasten, ein kleines Glastischchen mit zwei Stühlen daran. Ein schmaler Kleiderschrank mit Ablage für die Tasche. Auch eine winzige Dusche mit WC war drin. Hatte ich vor Aufregung ganz vergessen zu fragen. Etwas aber fehlte noch. Genauer gesagt, jemand. Das Wichtigste:

Margreth. Meinen Mantel hatte ich ausgezogen und aufgehängt. Sollte ich mich schon ausziehen und ins Bett legen? Sozusagen als Überraschung? Kurz darauf fand ich den Gedanken doof.

Unruhig lief ich hin und her. Ich schaute noch mal aus dem Fenster, Margreth war verschwunden. Wahrscheinlich stand sie gerade bei Madame Medusa am Empfang. Wie ging es ihr wohl? Margreth, ich liebe dich. Komm bitte ganz schnell!

Da klopfte es an der Tür. Ich reagierte nicht. Ein kleines pubertäres Spielchen. Es klopfte noch einmal.

Nun antwortete ich: »*Erst das Losungswort!*«

Was sie wohl sagen wird? Ich tippte auf: »*Ich liebe dich!*«

Es kam kein Losungswort, stattdessen klopfte es noch einmal.

Mit »*Ich liebe dich!*« riss ich die Tür auf und hatte fast Madame Medusa im Arm. Gern würde ich heute mein Gesicht von damals noch mal sehen. Aber erst heute.

Am Sonntag, dem 28. Oktober gegen 10.30 Uhr, wollte ich nur eins: im Erdboden versinken. Wenn Madame Medusa es bis jetzt noch nicht geahnt haben sollte, welche Zeitgenossen sich hier eingenistet hatten, nun musste sie es wissen. Ich stand wie vom Blitz getroffen. Sagen konnte ich gar nichts.

»*Sie haben vergessen, die Anmeldung auszufüllen. Können Sie ja nachher mit runterbringen.*«

Freundlich und wissend lächelnd, reichte sie mir den Block. Toll. Ein Glück, dass ich mich noch nicht ausgezogen hatte. Mir fiel der Witz vom Direktor und seiner Sekretärin ein.

Der Direktor einer Firma erzählte seinem Freund: Gestern hatte ich Geburtstag, aber keiner in meiner Firma schien das zu wissen und niemand gratulierte mir. Erst kurz vor Feierabend kam meine, wie du weißt, sehr attraktive Sekretärin zu mir und sagte: »*Herzlichen Glückwunsch zum Geburtstag, Herr Direktor. Darf ich Sie zu mir nach Hause einladen? Ich habe eine besondere Überraschung für Sie.«* Gut, ich fahre sie also nach Hause. In der Wohnung bekomme ich einen Sekt. Wir stoßen an. Sie schaut mir tief in die Augen und sagt: *»Herr Direktor, ich gehe nun ins Schlafzimmer, und wenn ich rufe, dann kommen Sie nach.«* – *»Was willst du denn?«*, sagte der Freund. *»So eine Geburtstagsüberraschung hätte ich auch gern einmal.«* – *»Wart's ab. Sie ruft mich. Ich ins Schlafzimmer, und da steht das ganze Büro und singt: »Happy Birthday, Herr Direktor.«* – *»Mensch, was willst du denn?«*, sagt der Freund. *»War doch ein toller Geburtstag, da warst du doch bestimmt von den Socken.«* – *»Was heißt hier, da warst du von den Socken? Das war das Einzige, was ich noch anhatte!«*

Ich lächelte. Es klopfte. Nun war ich sicher, wer draußen stand. Ganz langsam, ja zärtlich öffnete ich dieses Mal die Tür. Und da stand sie. Margreth. Ich streckte meine Hand aus und führte sie ins Zimmer. Wir nahmen uns in den Arm. Still weinten wir beide.

Zwei junge Menschen vor einem ihrer wichtigsten und schönsten Tage ihres Lebens.

Während ich dieses schreibe, stehe ich wieder in diesem Zimmer und ... weine.

Und als Mann und Frau ging unser schönster Tag zuende.

Nachklang

Bis circa 20 Uhr blieben wir im City-Hotel. Wir verließen es gemeinsam. Meine Anmeldung habe ich nicht ausgefüllt. Margreth auch nicht. Zimmer Nr. 13 war eindeutig eine Glückszahl, die Zahl 13 ist bis heute eine geblieben.

Ich brachte Margreth nach Hause und war gegen 22 Uhr ebenfalls zu Hause. Meine Eltern schliefen schon.

Ich hörte noch Radio, bevor ich mich ebenfalls ins Bett legte.

Die Geheimdiplomatie von Bobby Kennedy und Dobrynin ist erfolgreich.

Chruschtschow lenkt ein und sagt zu, die Raketen aus Kuba zu entfernen. Die USA verzichten daraufhin auf eine Invasion. Radio Moskau berichtet über den Abzug.

Die Krise ist beigelegt.

Der Erfolg wird auch Papst Johannes XXIII. zugeschrieben, der zwischen John F. Kennedy und Chruschtschow vermittelte.

Über zwei junge, liebende Menschen, die für den Frieden, wenn auch aus Eigeninteresse, beteten, berichten die Geschichtsbücher nicht. Wie und warum auch? Wichtig ist doch nur das Ergebnis.

PS: *Wassili Alexandrowitsch Archipow. Danke!*
Warum haben Sie niemals den Friedensnobelpreis erhalten?

Ausklang

Unsere Liebe hielt, trotz unserer Schwüre, nicht »für immer«. Etwa zwei Jahre blieben wir zusammen und liebten uns, bis Margreth mich verließ. Mein Ego und meine jugendliche Dummheit waren zeitweise größer als die Liebe.

Ich heiratete mit 22 das erste Mal. Frank wurde geboren. Zwei weitere Ehen folgten, die ebenfalls keinen Bestand hatten. Vier tolle Söhne; heute, im Jahr 2013, sind sie 46, 26, 24 und 21 Jahre alt, gingen aus den ersten beiden Ehen hervor. Frank, der Älteste, ging 2011 hinüber. Magen- und Darmkrebs beendeten seine Erdenzeit.

Margreth heiratete mit 21 und bekam drei Kinder. Eine Tochter und zwei Söhne. Auch ihre Ehe hielt nicht. Wir begegnen uns immer wieder einmal. 1994 waren wir noch einmal für kurze

Zeit ein Paar. Unsere letzte Begegnung fand im Sommer 2008 statt. Es war eine schöne, unbeschwerte Begegnung. In unseren Rückblicken tauchte natürlich auch das City-Hotel wieder auf. Viel gelacht haben wir an diesem Abend.

Ich suchte und fand in ihrem Gesicht, in ihrem mittlerweile gereiften Großmuttergesicht, »meine« Margreth wieder. Ihr Lachen und ihre Augen sind jung geblieben. Margreth, ich liebe dich immer noch! Nur anders als im Oktober 1962.

Bis bald, ich freue mich darauf.

Danksagung

Danke!

Die Kubakrise
Eine Liebesgeschichte im Banne der »Apokalypse«
und ... wer sie wohl wirklich beendete?

Die Kubakrise befand sich vom Montag, dem 22., bis Sonntag, dem 26. Oktober 1962 auf ihrem Höhepunkt.

Die Menschheit und die Erde standen unmittelbar vor einem Atomkrieg, vor ihrer Vernichtung.

Was war geschehen?

Die UdSSR montierte heimlich und lange Zeit von den USA unbemerkt Mittelstreckenraketen auf Kuba. Raketen, die mit Atomsprengköpfen versehen werden konnten beziehungsweise schon waren.

Als die USA das entdeckten, begann eine Seeblockade um Kuba, um weitere Lieferungen zu unterbinden. Auch reale Pläne für eine USA-Invasion auf Kuba bestanden.

Russische Atom-U-Boote mit Atomraketen an Bord begleiteten die russischen Frachter.
Es drohte der Abschuss der Raketen von einem russischen U-Boot.

Schlag und Gegenschlag wären die Folge gewesen.

Gleichzeitig steuerten in Europa zwei junge verliebte Menschen auf den Höhepunkt ihrer jungen Liebe zu.

Waren sie es, die mit ihren Gebeten den Atomkrieg verhinderten?

Die verhinderten, dass der russische U-Boot-Offizier *Wassili Alexandrowitsch Archipow* als einziger der drei notwendigen Offiziere sich weigerte, den Befehl zum Abschuss der Atomraketen gegen die USA zu geben, und damit wohl die Menschheit rettete?

Lesen Sie und bilden Sie sich selbst ein Urteil.

Über den Autor:

Der Erzähler erblickte mit einem der ersten Bombenangriffe auf Essen, am 1. März 1943, wieder einmal das Licht dieser Welt.

Heute lebt er als Coach, Maler und »Schreiberling« im romantischen Rothaargebirge, dem Sauerland.

Weitere Bücher sind: Samson & Hadig – Die Geschichte einer wundervollen Begegnung * Samson und die »zwei« Julias * Der Tod und die Liebe * Strahlenschutz für den Menschen, ein unphysikalischer Lösungsvorschlag

* Sinus – 100 Gedichte und Kurzgeschichten

Kontaktaufnahme erwünscht.
Hadig@gmx.de